Laurent Petitmangin
Was es braucht in der Nacht

Laurent Petitmangin

Was es braucht in der Nacht

Roman

Aus dem Französischen
von Holger Fock und Sabine Müller

Deutsche Erstausgabe 2022
© 2022 dtv Verlagsgesellschaft mbH & Co. KG, München
© 2020 La Manufacture de livres, Paris
Titel der französischen Originalausgabe:
›Ce qu'il faut de nuit‹
© 2022 der deutschsprachigen Ausgabe:
dtv Verlagsgesellschaft mbH & Co. KG, München
Satz: Fotosatz Amann, Memmingen
Gesetzt aus der Life
Druck und Bindung: CPI books GmbH, Leck
Printed in Germany · ISBN 978-3-423-29012-8

1

Fus rennt los, setzt zum Tackling an. Das macht er gern, und er macht es gut: Er greift den Gegner an, bringt ihn aber nicht zu Fall, ist nur bissig genug, um ihm einen leichten Tritt zu verpassen. Manchmal muckt der Kerl auf, aber Fus ist groß, und wenn er spielt, wirkt er bedrohlich. Er nennt sich Fus, seit er drei ist. Fus für *Fußball*. Auf Luxemburgisch. Niemand nennt ihn mehr anders. Er ist Fus für seine Lehrer, seine Freunde und für mich, seinen Vater. Ich sehe ihn jeden Sonntag spielen. Selbst bei Regen oder Schnee. Auf den Handlauf gestützt, mit Abstand zu den anderen.

Der Platz liegt weit außerhalb, eingerahmt von Pappeln, unterhalb davon der Parkplatz. Letztes Jahr wurde der Schuppen für die Ausrüstung neu gestrichen; er dient auch für die Apéros nach dem Spiel. Der Rasen ist neuerdings prächtig, ohne dass man wüsste, warum. Und die Luft immer frisch, auch im Hochsommer. Kein Lärm, nur die Autobahn in der Ferne, ein leises Rauschen, das uns mit der Welt verbindet. Ein schöner Platz. Fast als spielten hier die Reichen. Man muss fünfzehn Kilometer weit fahren, bis nach Luxemburg, um einen gepflegteren zu finden.

Ich stehe immer an derselben Stelle. Abseits der Bänke, fern von der kleinen Gruppe der treuen Fans. Auch weit weg von den Anhängern der Gastmannschaft. Mit direktem Blick auf die einzige Werbung am Spielfeldrand, Werbung für die Dönerbude, die alles macht, Pizza, Tacos, Burger, Steaks oder Lothringer Bratwurst mit Fritten oder einen »Stein«, die Sandwich-Spezialität unserer Region, alles immer serviert im halben Baguette. Manche kommen vor dem Spiel herüber, um mir die Hand zu schütteln, so wie Mohammed: »Heute machen wir sie nass, inschallah! Ist Fus in Form?«, und gehen dann wieder zu ihrem Platz zurück. Ich rege mich nie auf, brülle nie herum wie die anderen, ich warte ruhig darauf, dass das Spiel zu Ende geht.

Mein Sonntagmorgen sieht so aus: Um sieben Uhr stehe ich auf, mache Kaffee für Fus, dann wecke ich ihn. Er ist sofort munter, ohne je zu murren, auch wenn es in der Nacht zuvor spät geworden ist. Ich würde ihn nur ungern drängen oder wachrütteln wollen. Ist bisher auch noch nie vorgekommen. Ich rufe durch die Tür: »Steh auf, Fus, es ist Zeit«, und ein paar Minuten später steht er in der Küche. Wir reden nicht, und wenn doch, geht es um das Spiel von Metz am Vortag. Wir leben im Département 54, Meurthe-et-Moselle, aber in unserer Region sind wir keine Anhänger der AS Nancy, sondern des FC Metz. So ist das nun mal hier. Wenn wir in Metz in der Nähe des Stadions parken, passen wir auf unser Auto auf. Es gibt überall Arschlöcher, Deppen, die sich aufregen, sobald sie ein 54er-Nummernschild sehen, und dann dein Auto zerkratzen. Wenn am Vortag ein Spiel stattfand, lese ich Fus den Sportbericht vor. Wir haben beide unsere Lieblingsspieler, die nicht verkauft werden sollten. Und die letztlich doch immer weggehen. Der FC kann sie nicht halten. Sobald sie sich hervortun, schnappt man sie uns weg. Erhalten bleiben uns immer nur die Minderbegabten, diejenigen, von denen wir bei jedem Spiel zwanzigmal denken, sie sollten besser Leine ziehen, weil ihr Gekicke einfach erbärmlich ist. Trotzdem, solange sie ihre Trikots nass machen, können sie bleiben, auch wenn sie Klumpfüße haben. Wir wissen, wo wir stehen, und sind damit zufrieden.

Wenn ich Fus sonntags spielen sehe, denke ich oft, dass es kein anderes Leben gibt, kein anderes, das über diesem steht. Dieser Moment, wenn die Zuschauer zu schreien beginnen, das Geräusch der Stollen, die sich in den Rasen drücken und wieder von ihm lösen, das Schimpfen der Mitspieler, wenn einer nicht früh genug lospurtet, nicht in die Tiefe spielt, diese aus vollem Hals hinausgebrüllten Gefühle, wenn sie ein Tor schießen oder eines kassieren ... Dieser Moment, in dem es für mich nichts zu tun gibt, ist einer der wenigen Augenblicke, in denen ich mich mit Fus noch verbunden fühle, ein Moment, den ich um nichts in der Welt hergeben würde, dem ich die ganze Woche über entgegenfiebere. Ein Moment, der mir nichts bringt, außer der Freude, ihn spielen zu sehen, sonst allerdings nichts löst. Rein gar nichts.

Nach dem Spiel geht Fus nicht gleich nach Hause. Ich warte nicht auf ihn. Manchmal sind sein Bruder und ich schon fast fertig mit dem Essen, wenn er kommt.

»Kannst du meine Trikots waschen, Dicker?«

»Geht's noch?! Warum sollte ich?«

»Weil du mein kleiner Bruder bist. Keine Sorge, ich revanchiere mich.«

Und dann schnappt er sich seinen Teller, lädt ihn voll und setzt sich damit vor das Nachmittagsprogramm.

Wenn ich mich aufraffen kann, gehe ich danach, gegen fünf, zur Partei. Seit man dort keinen Apéro mehr bekommt, werden wir von Mal zu Mal weniger. Die Treffen waren belanglos geworden; die Jüngeren von uns hatten keine Arbeit mehr und warteten nur noch darauf, dass man die Flaschen hervorholte. Jetzt sind wir meist vier oder fünf, selten mehr. Und auch nicht immer dieselben. Es ist nicht mehr nötig, die Klapptische aufzustellen wie noch vor zwanzig Jahren. Die meisten müssen montags nicht arbeiten, sind Rentner. Unter ihnen Lucienne, die wie zu Zeiten ihres Mannes mit einem Kuchen kommt, den sie netterweise selbst anschneidet. Niemand spricht, bevor sie nicht acht schöne, gleichmäßige Stücke geschnitten hat. Auch ein oder zwei Jüngere sind manchmal dabei, arbeitslos seit Ewigkeiten. Die Themen sind immer dieselben. Die Schule vor Ort, die es nicht mehr lange geben wird, da sie alle drei Jahre eine Klasse verliert, die Geschäfte, die eines nach dem anderen schließen, die Wahlen. Wir haben seit Jahren keine mehr gewonnen. Keiner von uns hat für Macron gestimmt. Auch nicht für die andere. Am Wahlsonntag sind wir alle zu Hause geblieben. Ein wenig erleichtert waren wir schon, dass sie nicht gewählt wurde. Und dennoch frage ich mich, ob es einigen von uns nicht insgeheim lieber gewesen wäre, wenn es einen großen Knall gegeben hätte.

Wir verteilen noch immer Flugblätter, das muss einfach sein. Ich glaube zwar nicht, dass es viel nützt, aber wir haben einen jungen Mann, der zu formulieren versteht. Der mit treffenden Worten sagen kann, in welcher Scheiße wir stecken, mit dem Bergbau, der Stahlproduktion und unserem Leben. Er heißt Jérémy. Seine Eltern sind vor fünfzehn Jahren hierhergezogen, als die Fabrik für Motorengehäuse eine neue Fertigungsstraße einrichtete. Vierzig Neueinstellungen auf einmal, völlig unverhofft. Die Fertigungsstraße musste gleich mehrmals eingeweiht werden, damit es auch jeder glaubte. Die ganze Region kam schwanzwedelnd zu uns, der Präfekt, der Abgeordnete, alle Schulklassen. Bis hin zum Pfarrer, der gleich ein paarmal vorbeischaute, um sie unauffällig zu segnen. Die Reporterin vom ›Républicain Lorrain‹ machte sich immer wieder auf den Weg, um von all den Leuten vor dieser Fertigungsstraße zu berichten, als wäre sie ein Symbol für »Lothringen ist und bleibt ein Industriestandort«. Eine hübsche Blondine, die ihre Arbeit gut gemacht hat, mit Worten der Hoffnung, die viel Anklang fanden. Sie schoss auch die Fotos und variierte dabei die Blickwinkel, damit der Lokalteil für Villerupt und Audun-le-Tiche nicht jeden Tag gleich aussah. Es hat allerdings lange gedauert, bis die Fertigungsstraße dann in Betrieb genommen wurde. Vielleicht zu lange. Als man endlich alle Vorarbeiter und Arbeiter fürs Band eingestellt hatte, endlich einen Weg gefunden hatte, mit dem verdammten Lösungsmittel vernünftig umzugehen – ein paar Zentiliter waren pro Tag entwichen und hatten die Inbetriebnahme blockiert –, spielten die Banken nicht mehr mit, fiel alles in sich zusammen, und wir waren wieder einmal in der Krise, einer Krise, die der Fertigungsstraße mit ihren Rückständen kurzerhand den Garaus machte. Die Anlage hätte radioaktives Material ausspucken können, und es ist sicher nicht gelogen, wenn ich sage, dass das hier völlig egal gewesen wäre, dass wir lieber Abwasser getrunken hätten, als den Start der Fertigungsstraße noch länger hinauszuschieben. Es gab dazu auch keine Debatte in der Partei, zu der Zeit waren wir noch nicht ökomäßig drauf; wir sind es bis heute nicht.

Jérémy gehörte zum Frühlingsjahrgang, wie er damals genannt wurde. Etwa zwanzig Kinder, die im März und April mit ihren frisch eingestellten Eltern hergezogen waren, sodass es im folgenden Schuljahr eine Grundschul- und eine Mittelschulklasse zusätzlich gab.

Mittlerweile ist Jérémy dreiundzwanzig Jahre alt. Er ist ein Jahr jünger als Fus. Anfangs waren die beiden dicke Freunde. Fus mochte ihn. Er hat ihn ein paarmal mit nach Hause gebracht. Was er mit anderen Kindern nur selten gemacht hat. Ich glaube, er hat sich ein wenig geschämt. Für seine Mutter, die damals kaum noch das Bett verlassen konnte. Vielleicht auch für mich. Wenn Jérémy kam, war es ein schöner Tag für meine Frau. Hatte sie genug Kraft, stand sie auf und machte Waffeln oder Krapfen. Sie meckerte Fus ein wenig an, er hätte ihr früher Bescheid sagen sollen, dann hätte sie den Teig am Vortag gemacht und er wäre viel besser geworden, aber schließlich buk sie die Krapfen, knusprig und mit Zuckerglasur. Es gab einige zum Abendessen und eine Schüssel voll für den nächsten Tag.

Bis zu Fus' zwölftem Lebensjahr waren er und Jérémy viel zusammen. Im Collège begann Fus dann weniger zu lernen. Hörte auf zu büffeln. Schwänzte ab und zu die Schule. Er fand immer eine Ausrede. Das Krankenhaus. Seine Mutter. Die Krankheit seiner Mutter. Die wenigen besseren Phasen, die es zu nutzen galt. Die letzten Tage seiner Mutter. Die Trauer um sie. Drei Jahre Scheiße, seine sechste, siebte und achte Klasse, in denen ich hilflos und vollkommen überfordert war. Ich schaffte es nicht mehr, daran zu glauben, verlor jede Hoffnung auf eine Genesung, die auch nicht mehr kam. Konnte nicht einmal mit dem Rauchen aufhören. Mich nicht mehr neben ihn setzen, wenn er weinend auf seinem Bett hockte, ihn nicht mehr belügen, sagen, dass es der Mutti bestimmt bald besser gehen und sie wieder heimkommen würde. Ich war gerade noch in der Lage, ihm und seinem Bruder Essen zu machen. Und mir vorzuwerfen, dass wir die Kinder viel zu spät bekommen hatten. Wir waren beide schon vierunddreißig, als unser Gillou geboren wurde.

In der achten Klasse kam Fus nicht mehr mit. Er verprellte die letzten seiner Freunde aus der guten Zeit, seiner Grundschulzeit, als die Lehrer ihn noch mochten. Die Lehrer auf dem Collège hatten weniger Nachsicht mit ihm. Sie haben einfach so getan, als ob nichts wäre: als ob der Junge die Sonntage nicht im Krankenhaus Bon-Secours verbringen würde. Zuerst nahm er seine Hausaufgaben noch mit ins Krankenhaus, dann machte er es wie ich, er saß einfach da, starrte auf das Bett, auf seine Mutter darin. Vor allem aber auf das Bett, die Decken und das Bettzeug, dessen Gewebe sich vom vielen Kochen und Bleichen verzogen hatte. Stundenlang saßen wir so da. Es war schwer, die Mutti anzuschauen, sie war hässlich geworden. Und vierundvierzig Jahre alt. Man hätte ihr gut zwanzig oder dreißig mehr gegeben. Manchmal schminkten die Krankenschwestern sie ein wenig, aber das Ockergelb war nicht zu kaschieren, das sich Woche für Woche mehr auf ihrem müden Gesicht ausbreitete, und auch auf ihren Armen, die reglos auf dem Betttuch lagen, als es mit ihr zu Ende ging. Wie ich muss auch er sich manchmal gewünscht haben, einmal nicht ins Krankenhaus fahren zu müssen, einen normalen Sonntag zu verbringen oder, im Gegenteil, mal etwas Außergewöhnliches zu erleben, das uns daran gehindert hätte, aber das kam nie vor, wir hatten nie etwas Besseres, Dringenderes zu tun, also haben wir die Mutti im Krankenhaus besucht. Nur unseren Gillou konnten wir manchmal den Nachmittag über bei den Nachbarn lassen. Schlag acht Uhr, nach dem Abendessen, gingen wir wieder heim, erleichtert, dass wir bei ihr gewesen waren. Im Sommer waren wir bisweilen schon froh, dass wir das Fenster öffnen und eine dieser Stunden nutzen konnten, in denen sie ganz bei Bewusstsein war, um mit ihr den Geräuschen im Hof zu lauschen. Wir belogen sie, sagten ihr, sie sehe besser aus und der Oberarzt habe sich zufrieden gezeigt, als wir ihm auf dem Flur begegnet waren.

Ich hätte Fus gegenüber trotzdem mehr Druck ausüben sollen. Stattdessen sah ich tatenlos zu, wie es allmählich mit ihm abwärtsging. Seine Schulhefte waren schlampig geführt, aber welche Bedeutung hatte das schon? Meine wenige Energie brauchte ich für meine Arbeit bei der Bahn, um vor den Kollegen und dem Chef zu bestehen und meinen verdammten Monteursjob zu behalten. Erschöpft wie ich war, ab und an auch ein wenig angetrunken, musste ich aufpassen, dass ich keine Dummheiten machte. Keinen Kurzschluss verursachte. Nicht runterfiel. Ist weit oben, so eine Fahrleitung. Ich musste aufpassen, dass ich heil nach Hause kam. Denn ich musste für meine beiden Jungs sorgen, durchhalten, ohne zu trinken, bis sie im Bett waren. Erst dann konnte ich mich gehen lassen. Nicht immer. Aber ziemlich oft.

So sind diese drei Jahre vergangen. Das Krankenhaus, das Eisenbahn-Depot in Longwy, manchmal das in Montigny, die Strecke Aubange – Mont-Saint-Martin, der Rangierbahnhof in Woippy, unser Häuschen, die Partei und wieder das Krankenhaus. Hin und wieder wurde ich auch weiter weg eingesetzt, musste in Sarreguemines oder Forbach übernachten, wofür ich mich mit den Nachbarn abstimmte, damit sie ein Auge auf Gillou und Fus hatten. Fus musste dann kochen, Fertiggerichte aus der Dose zum Aufwärmen: »Pass gut auf, vergiss nicht, das Gas abzustellen, damit uns nicht das Haus abbrennt. Bleibt nicht zu lange auf. Und wenn du was brauchst, geh rüber zu Jacky, er und seine Frau wissen, dass ihr heute Nacht allein seid.«

Mit seinen dreizehn Jahren war Fus damals schon ganz schön erwachsen. Übernahm Verantwortung. Ein guter Junge, alles war immer blitzblank, wenn ich am nächsten Abend nach Hause kam. Nicht ein einziges Mal musste er Jacky zu Hilfe rufen. Selbst nicht, als der Hagel mit faustgroßen Hagelkörnern das große Küchenfenster zerschlug. Oder Gillou nicht schlafen konnte, weil er Angst hatte und nach seiner Mutter verlangte. Fus war immer gut zurechtgekommen. Er tat, was getan werden musste. Er redete Gillou gut zu, weckte ihn am nächsten Morgen, machte ihm Frühstück. Und fand sogar noch Zeit, um für ihn aufzuräumen. Unter anderen Umständen hätte ich Fus für einen wahren Musterknaben gehalten, ihn zwanzigfach, hundertfach, tausendfach belohnt. Damals, bei allem, was passierte, kam es mir nie in den Sinn, mich bei ihm zu bedanken. Alles, was ich sagte, war ein: »Hat alles geklappt? Ist nichts schiefgegangen? Sonntag gehen wir wieder ins Krankenhaus.«

Die Mutti hatte immer gewusst, wie man sich gut um Fus und Gillou kümmerte. Sie ging zu allen Elternabenden in der Schule, bestand darauf, dass ich mir freinahm und mitkam. Wir waren immer die Ersten, setzten uns in die erste Reihe, hinter die kleinen Kinderpulte. Lauschten aufmerksam den Ratschlägen der Lehrerin. Die Mutti machte sich Notizen und las sie den Kindern am nächsten Abend vor. Sie hatte Fus zu Latein angemeldet, denn nur die Besten lernten das, mit Latein konnte man die Grammatik besser verstehen, Latein war logisch aufgebaut wie Mathematik. Latein und Deutsch sollte er lernen. Für Englisch hätten die Kinder ab der achten Klasse noch Zeit genug. Sie hatte ehrgeizige Pläne für die beiden. »Ihr werdet mal Eisenbahn-Ingenieure. Das ist ein guter Job. Arzt natürlich auch, aber mehr noch Ingenieur bei der SNCF.«

Als man die Krankheit bei ihr entdeckte, sprach sie anfangs mehrfach mit mir über die Zukunft der Kinder.

Ich habe nicht an diesen Krebs geglaubt, und ich denke, sie auch nicht. Ich ließ sie reden, achtete nicht besonders darauf, was sie sagte; dann baute sie ziemlich schnell ab, ergab sich ihrem Leiden und kam nicht mehr darauf zurück. In den letzten Wochen, als sie wusste, dass es zu Ende ging, blickte sie nicht mehr zurück. Und enthielt sich zudem jeden Ratschlags. In der wenigen Zeit, in der sie noch bei Bewusstsein war, begnügte sie sich damit, uns zu betrachten. Uns einfach anzusehen, ohne ein Lächeln. Ich hatte ihr nichts versprechen müssen. Sie ließ uns in Ruhe. Drei Jahre lang hatte sie gegen den Krebs gekämpft. Ohne je zu verkünden, dass sie ihn besiegen würde. Die Mutti hat nicht die Heldin gespielt. Einmal habe ich zu ihr gesagt: »Du wirst es schaffen, für die Kinder.« »Ich schaffe es schon für mich allein«, war ihre Antwort gewesen.

Ich glaube, sie war den Ärzten auf die Nerven gegangen. Weil sie ihnen nicht motiviert genug war, jedenfalls redete sie in deren Augen zu wenig. Sie erwarteten, dass sie gegen den Krebs rebellierte, dass sie wie andere Krebspatienten laut erklärte, sie werde ihm den Garaus machen, ihn im Keim ersticken. Von ihr war jedoch nichts dergleichen zu hören gewesen. Kein Wort, wie man es vom Film her kannte, nichts für die ihr Nahestehenden. Auch keine letzten Ratschläge. Das alles war zu viel für sie. Es war nicht das wahre Leben, ihr Leben war jedenfalls nicht so.

Deshalb fand bei ihrer Beerdigung wohl auch niemand lobende Worte für ihren Mut. Dabei hatte sie drei Jahre Krankenhaus, drei Jahre Chemo, drei Jahre Bestrahlungen durchgestanden. Man redete mit mir über mich, über die Kinder, was wir jetzt tun würden, aber so gut wie nicht über sie. Als verübelte man ihr ihre Resignation, dass sie so ein jämmerliches Bild abgegeben hatte. Der Oberarzt zuckte nur mit den Schultern, als ich ihn fragte, wie ihre letzten Stunden verlaufen seien.

»Nicht anders als die Tage zuvor. Wissen Sie, Ihre Frau hat sich nie wirklich gegen ihre Krankheit gewehrt. Das ist nicht jedem gegeben ... Ob das einen Unterschied gemacht hätte? Das kann niemand wissen.«

Und dann die Grabrede. Selbst der Pfarrer tat sich schwer. Er kannte uns nicht gut. Wir gingen sonntags nicht zur Messe, aber die Mutti wollte eine kleine Abschiedszeremonie. Zumindest dachte ich das, wir hatten nicht darüber gesprochen. Ich dachte, es wäre gut, dafür in die Kirche zu gehen. Ich wollte nicht, dass sie ohne so was aus unserem Leben verschwand. Das war besser für die Kinder, manierlicher.

Als wir den Friedhof verließen, kam ein junger Mann auf mich zu, der Sohn eines Genossen aus der Partei. Er entschuldigte sich für seine Verspätung, ab der *Route nationale* habe der Verkehr gestockt. Er bot mir eine Zigarette an. Gillou war mit Jacky bereits nach Hause gefahren, aber Fus umfasste noch meine Hand, er hatte sie während der ganzen Zeremonie nicht losgelassen, tieftraurig und schwer mitgenommen von diesem Tag. Wir rauchten eine Zigarette nach der anderen, deshalb setzte Fus sich schließlich oben auf die Steinbank, von der aus man den ganzen Friedhof überblicken und er die Totengräber sehen konnte, die emsig Erde in das Grab der Mutti schaufelten, um vor Einbruch der Nacht fertig zu sein. Ich stand mit dem jungen Mann am unteren Ende des Friedhofs, wo noch Platz für drei volle Grabreihen war, eine grüne Ecke mit Blick auf das Tal, ein schöner Ort, nur schade, dass er dem Tod so nahe war. Wir sprachen über alles und nichts. Ich wusste, dass die anderen im Bistro auf mich warteten, für den Kaffee und die Brioches, die ich tags zuvor bestellt hatte. Aber ich genoss es, mit diesem jungen Kerl zu rauchen, als wäre nichts geschehen. Erleichtert, dass der Tag vorüber, froh, dass alles glattgegangen war. Wovor hatte ich mich gefürchtet? Was hätte am Tag der Beerdigung noch passieren können? Trotzdem war ich erleichtert. Und voll von zusammenhanglosen Gedanken, von ebenso nutzlosen wie unausweichlichen Fragen, die von nun an in meinem Leben den Takt angeben würden. Was würde ich heute Abend für meine beiden Jungs kochen? Was würden wir am Sonntag machen? Wo waren die Wintersachen aufbewahrt?

2

Wochenlang hatten uns Jacky und die anderen danach zu sich eingeladen. Nie waren wir so willkommen gewesen, nicht in den drei Jahren von Muttis Krankheit und auch nicht davor. Das war sehr nett von ihnen, nur für die Mutti tat es mir leid. Sie hatte nichts mehr von alldem, den Apéros, die sich endlos hinzogen und liebenswürdigerweise in ein gutes Essen mündeten. Man war schnell genug so betäubt, dass man kaum noch reden konnte. Oder die Worte nur so aus einem heraussprudelten. Vor allem, um von dem schweren Thema abzulenken, das unweigerlich immer wieder aufs Tapet kam. Man fühlte sich verpflichtet, mit gesenkter Stimme über die Mutti zu sprechen, und sah dabei zu den Kindern hinüber, in der Hoffnung, dass sie weiterspielten und nicht zuhörten. Man wiederholte, was längst erzählt war, und genehmigte sich noch ein Glas, einen Weißwein, und während man wartete, dass der Alkohol seine Wirkung tat, erzählte man sich irgendeinen Jux aus dem Fernsehen oder einen wirklich guten Witz, den man am Tag zuvor gehört hatte, um den Abend mit einer heiteren Note zu beenden, weil es Zeit wurde, nach Hause zu gehen.

Dann kamen die Sommerferien, und alle fuhren für eine Weile weg. Ich meldete Fus und Gillou zu einem Fußballcamp in Luxemburg an. Wir zelteten in Grevenmacher an der Mosel. Ich brachte sie morgens hin, sah während der ersten Trainingsstunde zu und stromerte dann durch die örtlichen Wälder. Manchmal fuhr ich eine Runde mit dem Rad, aber nur, wenn ich einen mutigen Tag hatte; seit der Krankheit der Mutti fürchtete ich mich davor, überfahren zu werden, denn das wäre der Gipfel, wenn sich niemand mehr um die Kinder kümmern könnte. Der Campingplatz war hübsch, voll von Deutschen, die eine Tour entlang der Weinstraße machten. Mehr als ein »Guten Morgen«, »Guten Abend« war aber nicht drin, wir drei genossen es, unter uns zu sein. Die Kinder erzählten mir von ihrem Fußballtag, wie gut sie sich geschlagen hatten, von den Cracks auf der einen, den Nieten auf der anderen Seite, sie irgendwo dazwischen. Im Fußballcamp hatten sich Grüppchen gebildet. Die Luxemburger, die Franzosen aus Metz, die aus der Region von Thionville. Es gab harte Reibereien auf Kosten der Kleineren wie Gillou. Manchmal prügelte man sich ein wenig, und Fus schlug mit der Faust zu, wenn man auf seinen kleinen Bruder losging. Sie hatten sich immer gemocht, seit dem Tod der Mutti war ihre Beziehung aber noch intensiver geworden.

Wir genossen die Zeit. Sie waren beide ziemlich müde von ihrem Tag, dennoch saßen wir abends lange zusammen, schlürften unsere Getränke, grinsten uns an und beobachteten die anderen Campinggäste. Wir stellten gemeinsam Listen auf, unsere Lieblingsgerichte, die zehn besten Spieler aller Zeiten des FC Metz, wovor wir am meisten Angst und worüber wir am irresten gelacht haben. Das Gespräch kam dabei zwangsläufig immer wieder auf die Mutti. Wie sie mit den Spaghetti ausgerutscht war. Wir erinnerten uns alle drei an den Tag mit dem Eurovision Song Contest. Wir hatten beschlossen, vor dem Fernseher zu essen, und sie hatte sich beeilt, um den Beginn der Übertragung nicht zu verpassen. Was für einen Gleitflug sie hingelegt hatte, mitsamt dem Topf Spaghetti bolognese, der mit ihr durch die Gegend gesegelt war! Wir brauchten zu viert eine gute halbe Stunde fürs Aufputzen. Gillou fragte, ob sie jetzt wohl wütend wäre, dass wir uns über sie lustig machten. Wir haben ihm versichert, dass sie sich bestimmt freute, dass wir den Abend zusammen genossen. Daraufhin walzten meine Jungs die Geschichte, wie sie ausgerutscht war, mit großem Vergnügen und in allen Einzelheiten noch ein wenig weiter aus. Sie standen auf, ahmten ihren Sturz nach, den Fuß, der haushoch in die Luft zeigte. Was sie noch im Fallen gerufen hatte, wohin die Pasta überall gespritzt war.

Sie waren wunderbar, meine beiden Söhne, wie sie da am Campingtisch saßen, Fus groß und hager, Gillou noch etwas pummelig, ein sympathischer Knopf, der sich mit dem Großwerden Zeit ließ. Sie saßen mit dem Rücken zum Fluss, und ich hatte die schönste Aussicht der Welt vor mir: Mein Blick ging von den Hängen der Mosel, die schon fast im Dunkeln lagen, zu ihren Gesichtern, hellwach, offen, beleuchtet von unserer Sturmlampe.

An jenem Abend wie auch an den folgenden war ich glücklich. Ich habe diese Ferien genossen. Es lag inzwischen drei Monate zurück, dass die Mutti von uns gegangen war, und ich hatte die Angst abgelegt, es nicht zu schaffen, all den Dingen, die organisiert werden mussten, nicht gewachsen zu sein, sie nicht bewältigen zu können. All das, was ich seit drei Jahren auf mich zukommen gesehen hatte. Es hört sich vielleicht schrecklich an, aber unser Leben war jetzt fast einfacher, da wir nicht mehr ständig ins Krankenhaus fahren und die Abende und Sonntage mit Warten verbringen mussten. »Fast einfacher«: Herrje, wenn sie mich gehört hätte! Und doch stimmte es. Und noch nie hatten die Ferien ihren Namen so verdient.

Ein paarmal fuhr ich mit den Kindern abends nach Luxemburg-Stadt. Wir spazierten die Stadtmauern entlang und gingen dann in ein kleines Restaurant, wo wir stundenlang warten mussten, weil es so voll war, die Kinder wurden ungeduldig vor lauter Hunger, aber die riesigen Steaks und die Fritten, fast jede so groß wie eine Viertelkartoffel, waren dann vom Feinsten.

Wir erlebten zwei Wochen reinsten Glücks. Ich bedauerte nur, dass wir das nicht schon früher gemacht hatten, als die Mutti noch da war, aber leider zeltete sie nicht gern, der Süden war ihr lieber, »auf keinen Fall in dein SNCF-Ferienheim, verstanden?«. Folglich fuhren wir nur alle zwei Jahre in die Ferien, mehr gab unser Budget nicht her, erst war die Küche noch nicht fertig, dann war die Terrasse dran. Als sie krank wurde, war auch damit Schluss. Seither waren wir nicht mehr fortgefahren, also seit mehr als drei Jahren. In diesen zwei Ferienwochen leerte ich meinen Kopf von allem, was mich irgendwie belastete, die einzige Verpflichtung bestand darin, die Jungs morgens zum Training zu bringen und sie Schlag vier Uhr wieder abzuholen, den Rest der Zeit hatte ich frei.

Zu meiner Überraschung kam ein paar Tage vor Ende der Ferien dann ein Kollege aus dem Depot. Sie wussten, wo ich zu finden war, sie brauchten dringend Leute für eine Oberleitung, die ins Gleisbett zu fallen drohte, ohne dass jemand verstand, warum.

»Es wird gut bezahlt, alles Überstunden, der Chef wird sich erkenntlich zeigen.«

»Ich habe die Kinder, das Camp geht erst morgen zu Ende, sie bekommen ein kleines Diplom und spielen noch ein Turnier. Das kann ich ihnen nicht antun.«

Fus war vernünftiger als ich.

»Mach dir über uns mal keinen Kopf, die Preisverleihung ist eh nur Schmu. Außerdem hat Gillou die Nase voll von den Luxos. Weißt du, die sind nicht besonders nett zu ihm. Wir können also genauso gut schon heute Abend abreisen.«

Unsere Zelte bauten wir bei einer wahren Sintflut ab. Wir sahen praktisch nichts, bekamen unsere Sachen nicht ordentlich zusammengepackt, am Ende setzten wir Gillou im Auto ins Trockene, während Fus und ich versuchten, zu retten, was zu retten war. Als wir auf dem Rückweg mit gerade mal fünfzig Sachen durch die reinsten Geysire pflügten, nutzte ich meine letzten Minuten Urlaub, um mir selbst zu schwören, von nun an jedes Jahr zelten zu gehen.

Im Jahr darauf sind wir trotzdem nicht weggekommen. Nicht, weil wir es nicht wollten. Es lag an Gillou, der sich einige Wochen zuvor ein Bein gebrochen hatte. Ich brachte es nicht fertig, ihm den Campingurlaub aufzuzwingen. Also haben wir Urlaub vor dem Fernseher gemacht. Es war das Jahr der Olympischen Spiele. Unsere Nächte und Vormittage haben wir mit Live-Übertragungen verbracht. Die Jungs ahmten unsere besten Sportreporter nach, Fus Patrick Chêne, Gillou Nelson Monfort. Es war ein schöner Sommer, wir gingen nach dem letzten Finale am späten Nachmittag gegen fünf Uhr zu Bett und schliefen bis Mitternacht oder ein Uhr morgens. Die stundenlange Bilderflut machte unseren Köpfen schwer zu schaffen, aber in der Nacht trafen wir uns dennoch wieder vor dem Fernseher, um zu sehen, ob sich der verdammte Medaillenspiegel für Frankreich weiter bewegte. Solange es Edelmetall zu gewinnen gab, waren wir leidenschaftlich dabei.

3

Dann kam die Zeit, als Fus mit seinen Kumpels wegfahren wollte, zuerst nach Montpellier und im Jahr darauf nach Spanien. Ich mochte seine Freunde nicht besonders, ich kannte sie nicht gut, sie besuchten uns nie, aber nach allem, was ich von ihnen wusste, gefielen sie mir nicht. Sie waren nicht aus der Gegend, sie kamen mit Motorrädern in unseren Ort, kleinen Maschinen, die eine Stange Geld gekostet haben mussten, keine Ahnung, wie sie sich die leisten konnten. Auch ihre Aufmachung gefiel mir nicht. Den Military-Look habe ich noch nie gemocht. Ebenso wenig die ausrasierten Nacken. Aber ich traute mich nicht, es Fus zu sagen, und als sie nach Spanien fuhren, kratzte ich ein hübsches Sümmchen zusammen, damit er sich nicht schämen und auf ihre Kosten leben musste.

Nach den Ferien, als er in die Abschlussklasse kam, begann Fus, sie täglich zu sehen. Keine Mädchen in Sicht. Seine schulischen Leistungen hatten sich leicht verbessert. Seit der elften Klasse besuchte er den technischen Zweig des beruflichen Gymnasiums, und die Noten, die er mir zeigte, waren nicht schlecht; fast bedauerte ich es, dass er nicht auf dem allgemeinbildenden Gymnasium weitergemacht hatte. Mich beunruhigte allerdings, dass er mit uns immer weniger redete. Wir wechselten nur noch samstagmorgens ein paar Worte miteinander, wenn wir einkaufen gingen. Sonntags war Fußball und Fernsehen, unter der Woche verzog er sich, sobald er konnte, auf sein Zimmer. Selbst mit seinem Bruder verbrachte er immer weniger Zeit, obwohl sie sich sehr mochten. Das »He, Dicker, spielen wir eine Runde Magic?« oder »Kommst du mit raus, Dicker, Freistoß üben?« hörte ich kaum noch. Gillou schien es nichts auszumachen, er entwickelte sich weiter im Teddybär-Modus, und als ich ihn fragte, ob ihm an seinem Bruder nichts aufgefallen sei, meinte er nur: »Ne, wieso? Wir haben wie immer viel Spaß zusammen.«

Ich fand meinen Fus allerdings gar nicht mehr spaßig. Er war nicht mehr derselbe wie früher. Selbst als es mit der Mutti zu Ende ging, war er fröhlicher gewesen. Ich beobachtete ihn, in jeder Regung von ihm lag jetzt etwas Finsteres, und sonntags beim Fußball spielte er knallhart, seine Einsätze wurden rabiat.

Oft kam er erst nach Hause, wenn ich und Gillou schon fertig gegessen hatten, und wirkte völlig abwesend.

»Kommst du jetzt erst von der Schule?«

»Nein, ich war bei meinen Freunden. Reichst du mir bitte mal die Schüssel, Dicker?«

Gillou reichte ihm nicht nur die Schüssel. Er stand sogar auf und bediente seinen Bruder. Er füllte seinen Teller mit allem Drum und Dran, wärmte das Essen in der Mikrowelle auf und servierte es Fus wie ein Kellner im Restaurant. Das hat Gillou immer so gemacht. Er schien überhaupt kein Problem damit zu haben, seinen Bruder zu bedienen, im Gegenteil. Ich kann mich nicht daran erinnern, dass Gillou einmal nicht strahlte, sobald er seinen großen Bruder heimkommen sah. Ein tägliches Wunder. Kaum hatte Fus seine Jacke abgelegt, war Gillou zur Stelle und erzählte ausführlich von seinem Tag. Das ging so, bis Gillou vierzehn war. Seitdem ist er zwar weniger gesprächig, aber die Freude, den Bruder zu sehen, ist dieselbe geblieben. Fus ist vom Wesen her zurückhaltender, einige Worte hatte er aber immer für Gillou übrig. Natürlich haben die beiden sich auch mal gezofft, und das nicht gerade selten, aber sie waren dennoch ein verdammt tolles Paar. Das Leben hat mir nicht allzu viele Geschenke gemacht, aber ich hatte zwei Jungs, die sich wirklich mochten, und was auch passieren würde, sie würden immer füreinander da sein.

Nach dem Abi ging Fus auf das IUT, die hiesige Fachhochschule für Technik. Keine Ahnung, ob die Mutti damit zufrieden gewesen wäre. Alle sagten, das *Institut universitaire de technologie* von Thionville sei ganz okay, aber reichte die Ausbildung dort, um Ingenieur zu werden? Ich war mir nicht sicher. Dafür würde er ganz schön büffeln müssen. Ich schäme mich, das zu sagen, aber als er davor in Metz abgelehnt worden war, war es eine echte Erleichterung für mich gewesen. Ich war noch nicht bereit, ihn wegziehen zu lassen. Er hatte es gut bei uns. Und ich brauchte ihn, auch wenn er kaum noch mit uns redete. Die Zweisamkeit mit Gillou hat mir immer Angst gemacht, ich fühlte mich dem nicht gewachsen. Welche Bedeutung hatte es schon, dass die hiesige Fachhochschule weniger hipp war.

4

An jenem Abend kam er nicht so spät wie sonst vom IUT zurück, sondern war bereits zum Essen da. Er hatte den Tisch gedeckt und ein paar Maispfannkuchen aufgewärmt. Das war die neueste Marotte von ihm und seinem Bruder. Sie aßen kein Brot mehr, nur noch Tortillas, die sie in Zwanzigerpackungen kauften und in die Mikrowelle steckten, damit sie schön weich wurden.

»Was ist das für ein Schal, Fus?«, fragte Gillou.

»Das ist kein Schal, Dicker, das ist ein Bandana.«

Ich sah mir das Halstuch genauer an – und war entsetzt.

»Fus, was ist das für ein Kreuz?!«

»Keine Ahnung, das ist nur ein Halstuch, das ich mir von einem Kumpel geliehen hab.«

»Fus, wenn du es nicht weißt, sage ich es dir: Das ist ein Keltenkreuz. Ein Keltenkreuz! Mein Gott, Fus, trägst du jetzt Fascho-Symbole?«

»Reg dich ab, Paps, das ist ein Bandana der Ultras, kein Fascho-Zeugs. Von der Roma, von ihrer Südkurve. Es ist ihr Erkennungszeichen. Bastien sammelt sie.«

Gillou hatte unserem Wortwechsel zugehört, ohne

etwas zu sagen. Dachte er dasselbe wie ich? Dachte auch er, dass sein Bruder mit komischen Typen rumhing?

Fus steckte das Tuch schließlich in seine Hosentasche. Wir setzten das Essen in Frieden fort.

»Morgen Abend gehe ich nach der Arbeit noch zur Partei, wartet also nicht mit dem Essen auf mich.«

»Kein Problem, mach dir keine Sorgen«, antworteten sie unisono.

Es war lange her, dass sie mich das letzte Mal dorthin begleitet hatten. Als sie noch kleiner waren, bevor die Mutti krank wurde, gingen wir immer zusammen Flugblätter verteilen. Wir nahmen unsere Fahrräder, »ein Flyer in jeden Briefkasten, wenn mehrere Namen draufstehen, werft ihr so viele ein, wie es Namen gibt; ist der Kasten schon voll, werft ihr nichts ein; nicht, dass der Flyer auf den Boden fällt und es dann heißt, die Sozis machen Dreck.« Die beiden übernahmen eine Straßenseite, ich die andere. Sie wechselten sich ab, packten sich jeder eine Schachtel voll und traten kräftig in die Pedale, um ja vor mir fertig zu sein. Ich hörte sie lachen oder auch stöhnen, wenn der Flyer nicht in den Schlitz passte. Als die Mutti bettlägerig wurde und ich vom Pendeln zwischen den verschiedenen Ärzten erschöpft war, übernahmen sie die Verteilung sogar allein, wie Erwachsene.

Es war mir ein Bedürfnis, regelmäßig bei der Partei vorbeizuschauen, so wie es anderen ein Bedürfnis ist, in die

Kirche zu gehen. Auch wenn dort nicht mehr viel los war. Gehöre ich eben zu den letzten Mohikanern, dachte ich. Zum Verzweifeln brachte mich nur, dass wir uns immer mehr isolierten. Eine vereinigte Linke lag in weiter Ferne. Bisweilen hatte ich das Gefühl, dass einige von uns mehr Zeit darauf verwendeten, die Kommunisten zu bekämpfen, als Front gegen die Reichen zu machen. Wo war unser Kampfgeist geblieben? Wir saßen quatschend um Luciennes Kuchen herum …

Ich hatte einen Apéro mit den Kommunisten von Villerupt organisiert. Von ihnen kam ein Dutzend, wir waren gerade mal sieben oder acht, und dafür musste ich noch das Auto nehmen und die Alten abholen, die sonst nicht gekommen wären. Wir tranken ein paar Gläschen, wir waren uns einig, dass es so nicht weitergehen könne, dass wir unbedingt mehr tun müssten, um junge Leute anzuziehen, und jeder drehte sich zu Jérémy um, dem einzigen jungen Mann im Raum, wir sangen die ›Internationale‹, kamen bis zur vierten Strophe, »diese Welt muss unser sein«, »das Volk verlangt nur, was ihm zusteht«.

Hat es irgendetwas bewirkt? Ich glaube nicht. An dem Abend habe ich viel unfassbares Zeug gehört, das ich nicht wahrhaben wollte. Es begann damit, dass es in Villerupt zu viele Dönerbuden gäbe und einer sich entrüstet fragte, wo wir eigentlich lebten. Warum störten sie Dönerbuden? Sie nahmen keinem einzigen Händler den Platz weg, höchstens Kurz- und Strickwarenhandlungen, in die sie noch nie einen Fuß gesetzt hatten. Waren ihnen kaputte Schaufenster und verblichene Kalkwände lieber? Die Dönerbuden waren zumindest ein Zeichen dafür, dass die jungen Leute noch hier essen gingen. »Ja, schon, aber die ziehen ein komisches Volk an«, wandte ein anderer ein, außerdem seien sie schäbig und für die Besitzer würde er seine Hand nicht ins Feuer legen, dazu Moscheeplakate und verdreckte Tische unter billigen Neonröhren. Ja, vielleicht. Es waren eben Leute von hier. Menschen wie du und ich. Die sich gern etwas Besseres leisten würden, aber keine andere Wahl hatten. All das dachte ich, sprach es aber nicht laut aus. Ich überließ es Jérémy, sich mit dem Kerl auseinanderzusetzen, ihm freundlich klarzumachen, dass er Stuss redete und wir Besseres zu tun hätten als den Quatsch von Marine Le Pen nachzuplappern.

»Du willst die Jüngeren erreichen?«, hatte Jérémy ihn gefragt. »Die gibt's zuhauf in den Dönerbuden. Vielleicht gefällt dir ihre Fresse nicht, aber glaub mir, allein mit ihnen werden wir vorankommen. Ob Araber oder nicht.«

Jérémy hat mir schon immer imponiert, bereits als Teenager. Er wusste, wie er uns aufrütteln konnte. Er hielt uns nicht für Idioten, und sobald sich ein Mix wirrer Ideen in den Köpfen festzusetzen drohte, brachte er uns wieder auf neue Gedanken. Ja, Jérémy besaß echt Redetalent.

Nachdem die anderen gegangen waren, lud ich ihn noch auf ein Glas ein. Nicht zu Hause. Ich wollte vermeiden, dass meine Jungs uns zusammen sahen. Wir gingen ins »Montana« und setzten uns ins Hinterzimmer.

Wir sprachen über die Geschichte mit den Dönerbuden, die geschmacklosen Bemerkungen der Genossen und darüber, wie es so weit kommen konnte. Ich wollte verständig und scharfsinnig wirken. Und auch Jérémy wählte seine Worte mit Bedacht. Wir wollten einander wohl nicht enttäuschen. Danach erzählte er mir von seinen Eltern, die allmählich zu alten Ärschen würden. Seinen Vater hatte man in die Arbeitslosigkeit geschickt. Zuerst hatten sie überlegt, in ihre alte Heimat zurückzukehren, hatten dann aber zu große Angst vor einem Neuanfang gehabt. Das Haus war fast abbezahlt. Und mit den Beihilfen und dem Gehalt, das Jérémys Mutter als Schulassistentin bezog, kamen sie noch einige Jahre über die Runden, so zurückgezogen, wie sie lebten.

Es dauerte seine Zeit, bis Jérémy mich nach Fus fragte. Es war offensichtlich, dass er schwer damit zurechtkam, nichts mehr von meinem Sohn zu hören, nachdem sie so viele Nachmittage zusammen verbracht hatten. Damals dachten wir, die Eltern, sie seien Freunde fürs Leben geworden ... Ich spürte, dass ihm einiges durch den Kopf ging, er dachte sicher an die Mutti, ihre Liebenswürdigkeit, die Freude, mit der sie ihn jedes Mal willkommen geheißen hatte ... Wo war er am Tag ihrer Beerdigung gewesen? Hatte er in den Monaten davor noch mit Fus telefoniert, oder war das Tischtuch zwischen ihnen schon damals zerschnitten gewesen? Er erinnerte sich nicht mehr. Konnte keinen Tag ausmachen, an dem ihre Freundschaft geendet hatte. Und kam sich plötzlich wie ein Mistkerl vor. Es musste ihn schon länger bedrückt haben. Nicht genug, um die Kluft zu überbrücken, nur so ein Kribbeln. Die Hauptschuld lag dennoch bei Fus: Er hätte nicht mit dieser Bande rumziehen dürfen. An diesem Abend begriff Jérémy zum ersten Mal, dass die Geschichte komplizierter war. Er drehte sein kleines Bier auf dem alten Bierdeckel, versuchte, das Glas perfekt auf dem Muster auszurichten, und murmelte dann, sie hätten einfach den Draht zueinander verloren.

»Das kommt vor«, beruhigte ich ihn. »Mach dir deshalb keine Gedanken.«

5

Der Wirt war unsere Rettung gewesen. Er hatte sich darangemacht, die Tische abzuwischen. Auch unseren. So konnten wir das Thema wechseln, einen neuen Ansatzpunkt finden. Jérémy begann von Paris und seinem Studium im nächsten Jahr zu erzählen. Es sprudelte nur so aus ihm heraus, alles durcheinander, ohne Punkt und Komma, so als schämte er sich fast dafür, weshalb ich ihn schließlich bat, noch mal von vorn anzufangen.

»Nicht so schnell, wir haben alle Zeit der Welt, alles schön der Reihe nach, das interessiert mich.«

So bekam ich die Langfassung zu hören. Politikwissenschaft. Wie viel Schweiß es ihn gekostet hatte, da reinzukommen. Während der Auswahlgespräche war er nur Sprösslingen aus guten Familien begegnet. Das hatte ihn zögern lassen. Das Vernünftigste wäre gewesen, das erste Jahr am deutsch-französischen Campus der »Sciences Po« in Nancy zu absolvieren. Doch er hatte sich entschieden, aufs Ganze zu gehen und sich für die Aufnahmeprüfung an der großen Elite-Uni *École Nationale d'Administration* vorzubereiten. Erbärmliche vierzig Studienplätze wurden dort vergeben, für ganz Frankreich.

»Willst du Minister werden?«, war alles, was mir dazu einfiel. Ich war einfach nicht auf der geistigen Höhe dieses jungen Mannes, der sich gerade abgemüht hatte, mir die Feinheiten seiner Zukunftspläne zu erklären, war nicht klüger als die Holzköpfe bei unseren Versammlungen.

Jérémy nahm es mir nicht übel.

»Minister? Ich weiß nicht ... vielleicht in einem Ministerbüro arbeiten ... ja, warum nicht, könnte sein.«

Das war typisch Jérémy. Er wusste, wie er mit den Jungs an der Basis reden musste, ohne sie spüren zu lassen, dass er für den Quatsch, den sie erzählten, zu intelligent war.

»Nur mein Vorname ist bescheuert für das, was ich vorhabe«, fuhr er mit einem verlegenen Lächeln fort, »der lässt mich wie ein Schwächling daherkommen. Nimm zum Beispiel Kevin. Da hat man eine ganz andere Vorstellung. Man weiß, was einen erwartet. Die Leute sehen dich gern als den Kevin, der sich die ENA zutraut. Jérémy hingegen klingt nach nichts, wie ein Bastard.«

Ich blieb stumm. Was sollte ich darauf auch sagen? Über Namen hatte ich mir noch nie Gedanken gemacht. Der Abend zog sich noch eine Weile hin. Mittlerweile ging der Wirt von Tisch zu Tisch und füllte die kleinen Ketchup-Flaschen auf, rückte Salz und Pfeffer zurecht, eine Heidenarbeit, die uns ablenkte. Aus den Augenwinkeln schielte er immer wieder zu uns herüber, nicht grimmig, nur um zu sehen, ob alles in Ordnung war. Jérémy erzählte mir weiter von Paris. Die jungen Leute, die er kennengelernt hatte, funktionierten wie ein Uhrwerk, waren voller Ehrgeiz und Gewissheiten. Es störte ihn aber nicht, im Gegenteil.

»Das fehlt uns hier«, erklärte er. »Dass es Leute gibt, angefangen bei den Lehrern, die uns in den Arsch treten. Die uns nach Paris schicken. Die sich nicht so schnell mit unseren kleinen Erfolgen zufriedengeben. Wir sind nicht schlechter als die in Paris, wir glauben nur nicht genug an uns. Wir wissen noch nicht einmal, dass es all das gibt.«

Erzählte er mir das wegen Gillou? Für Fus war der Zug abgefahren – aber für Gillou war es vielleicht noch nicht zu spät. Ich musste nur den richtigen Zeitpunkt finden.

Die nächtliche Stille leistete uns Gesellschaft. Von Zeit zu Zeit fuhr ein Auto die Straße hinauf; wir hörten es fast bis nach Rédange. Sonst nichts. Der Wirt hatte das Radio ausgeschaltet und den Geschirrspüler in der Küche angeworfen. Immer wieder warf er einen verstohlenen Blick zu uns herüber. Trotz des neuen Namens, trotz des blöden roten Neonschriftzugs, der den ganzen Raum über dem Tresen einnahm und ein amerikanisches Drive-in imitierte, war hier noch alles beim Alten, selbst in dem weißen Licht, das viel zu hell war, um irgendetwas anderes vorzuspiegeln. Ich war erst vor Kurzem wieder hierher zurückgekehrt, als ich sicher war, dass ich mich beherrschen und nur eine Halbe trinken würde, manchmal zwei, aber nicht mehr. Außerdem kam ich nur an guten Abenden her, oft nach den Treffen bei der Partei. Nicht unbedingt zum Reden. Oder um zu versumpfen, so wie manch anderer. Ich zog es vor, mit klarem Verstand aus der Kneipe zu kommen und nicht gleich ins Auto zu steigen, sondern bis zur Kirche zu schlendern und dann noch einen Kilometer weiter auf einem mit Efeu überwucherten Weg hinauf zum Friedhof. Vom geschlossenen Tor aus rief ich laut zu ihr hinüber, versuchte, ihr ein paar nette Dinge zu erzählen. Von den Kindern, wie sie heranwuchsen. Ich dachte, sie würde glücklich sein, wenn sie erfuhr, dass wir zusammenhielten.

Jérémy muss gemerkt haben, dass ich gedanklich abgeschweift war. Er hatte aufgehört, von Paris zu erzählen, und sagte nun:

»Ich mach das auch für uns. Damit sich hier was ändert. Ich werde in Paris mehr bewirken als hier.«

»Das glaube ich dir gern, du musst dich nicht rechtfertigen«, erwiderte ich, stockte kurz und fasste mir dann ein Herz. »Ich ... ich fände es toll, wenn Gillou es dir nachmacht. Meinst du, du könntest irgendwann mal mit ihm reden?«

Eifrig schlug Jérémy gleich ein Treffen bei seinen Eltern vor. Er war wohl noch nicht bereit, wieder zu uns zu kommen, das war ihm wohl noch nicht geheuer. Aber er schien mit seiner Mission zufrieden zu sein, dieser ersten Gelegenheit, die Vorreiterrolle zu übernehmen, die er für sich auserkoren hatte.

Jérémy und Gillou verbrachten danach mehrere Nachmittage zusammen. Er gab meinem Jüngsten ein paar Bücher und Infomaterial zu lesen und stellte ihn zwei Freunden aus der Vorbereitungsklasse vor, einem Jungen und einem Mädchen, die wie Jérémy aus der hintersten Provinz kamen, aber ebenfalls zum Aufbruch bereit waren.

Für Gillou waren das glaubwürdige Stimmen. Umso glaubwürdiger, als das Mädchen, das ich auf seine Bitte hin zum Bahnhof fuhr, wirklich zum Anbeißen war. Auch sie plante, nach Paris zu gehen, »aber das ist nur die erste Etappe«, sie sah sich noch viel weiter weg. In nur wenigen Minuten hatten wir auf dem Weg zum Bahnhof alles Mögliche angeschnitten. Jung und ehrgeizig, wie sie war, bestimmte sie die Themen. Gillou war hingerissen. Wortlos lauschte er unserem Pingpong, den klaren Ansichten der jungen Frau, die sich vom Rücksitz vorbeugte, das Gesicht zwischen unseren beiden Vordersitzen, die Arme auf unseren Rückenlehnen, um nicht gegen die Windschutzscheibe zu prallen, sollte ich eine Vollbremsung hinlegen müssen. Am Bahnhof war sie mit einem an Gillou gerichteten »Man sieht sich in Paris« dann schnell verschwunden. So schnell, dass er keine Zeit fand zu antworten.

Das war es: Paris.

Wir wechselten den ganzen Heimweg über kein Wort.

6

Jérémy hatte gute Arbeit geleistet: Bis Weihnachten rackerte sich Gillou an allen Fronten ab. Er sprach mit seinen Lehrern, wir fuhren nach Metz, Nancy – und sogar nach Paris zum Tag der offenen Tür im Lycée Carnot, diesem »anspruchsvollen, aber nicht unerreichbaren Trittbrett nach oben«.

Im Ehrenhof erwarteten uns die Ehemaligen, Louis Aragon, Gustave Eiffel und viele andere. Endlos reihten sich die Vitrinen aneinander, in denen ihre alten Schulhefte, Aufsätze und Wehrpässe ausgestellt waren, dazwischen eine Gedenktafel für Guy Môquet, einem ehemaligen Schüler des Carnot, der als 17-Jähriger 1941 von den Nazis hingerichtet worden war. Der Rektor hielt seine Rede in einem Saal mit hohen Fenstern, der nicht besonders schön war; aber egal, alles versprach eine bessere Welt. Nichts deutete erst mal darauf hin, dass mein Gillou hier eine Chance bekommen würde. Ich konnte nicht mehr dazutun, als sämtlichen Leuten, denen wir begegneten, Lehrern, Schülern, Hausmeistern, einfältig und schüchtern zuzulächeln, mein magerer Beitrag, dass Gillous Wünsche vielleicht in Erfüllung gingen.

Später, nachdem wir uns auf einer Caféterrasse in der Nähe niedergelassen hatten, sagte Gillou lächelnd zu mir: »Immer schön auf dem Teppich bleiben, Paps. Erst mal muss ich dieses Schuljahr mit Auszeichnung bestehen.«

Ich nickte stumm und sah mich um, das Viertel stank nur so nach Geld, all die makellosen Fassaden, die gut gekleideten Leute, die geschäftig taten, ich fragte mich, wo hier für Gillou eine Unterkunft zu finden war, ohne unser Haus verkaufen zu müssen. Es gab nur wenige Plätze im Internat, und ich hatte nicht verstanden, nach welchen Kriterien sie die Zimmer vergaben. Aber Gillou hatte recht, bis dahin war es noch ein weiter Weg.

Wir versanken beide in unseren Gedanken, bis Gillou mich plötzlich fragte: »Meinst du, Fus ist mit alldem glücklich?«

Ich hatte keine Ahnung. Nicht den geringsten Schimmer. Und ich wollte auch nicht darüber nachdenken.

»Er wird sicher stolz auf dich sein, Gillou. Und du kannst ihn ja an den Wochenenden mal nach Paris einladen … Oder du kommst nach Hause. Den Zug musst du erst ab fünfundzwanzig Jahren bezahlen, du kannst also so oft heimkommen, wie du willst.«

Es hat ihn nicht überzeugt. Mich, offen gestanden, auch nicht. Aber wir beließen es dabei. Und brachten, auf Jérémys Rat hin, die paar Stunden, bis der Zug fuhr, im Musée du Quai Branly herum.

Fus empfing uns in bester Laune. Er hatte das Wohnzimmer aufgeräumt und das Essen vorbereitet. Er erkundigte sich, wie es seinem Bruder ergangen war, und nahm den »Pariser« ein wenig hoch. Kaum saßen wir am Tisch, begann Gillou uns sein künftiges Leben auszumalen, war Feuer und Flamme, so, als lebte er schon dort. Warum seine Erwartungen an die Zukunft dämpfen? Dennoch war ich abergläubisch und bremste ihn die ganze Zeit: »Mal sehen, Gillou. Lass uns erst mal sehen.« Fus brummte hingegen ständig »Cool!«, nur: Meinte er es wirklich so? Gillou ließ sich jedoch nicht beirren, redete weiter, voller Begeisterung. Fus klimperte mit dem Besteck an seinem Glas herum. Der »Transfermarkt«, wie er es nannte, hatte entschieden: Sein Bruder würde nächstes Jahr wahrscheinlich in Paris auf der Bank sitzen, während er in der Provinz weiterspielte. Ich litt mit ihm, während Gillous eifriges Geplapper immer unerträglicher wurde. Deshalb schlug ich vor, ins Bett zu gehen. Welch seltsamer Tag. Er ließ mich ratlos zurück, hin- und hergerissen zwischen tausend widersprüchlichen Gedanken, ohne die geringste Ahnung, was auf mich zukommen würde.

7

Es war Bernard aus der Partei, der mir die Augen öffnete.

»Sag, hast du mal fünf Minuten? Ich muss dir was erzählen. Du weißt, wir waren gestern mit den Genossen beim Eisenbahndepot unterwegs. Wir haben Plakate zum 1. Mai geklebt, als wir am anderen Ende der Gleise das arbeitsscheue Gesindel des Front National entdeckten. Sie haben auch plakatiert, für ihre Jeanne d'Arc, unter der Brücke und die ganze Mauer entlang bis zum Stellwerk. Wir hielten Abstand, wir waren nur ein kleiner Trupp, nicht besser oder schlechter ausgestattet als sie. Aber keiner von uns hatte Lust auf eine Prügelei. Mimil und Ominetti sind früher nach Hause gegangen, die Streitlustigsten waren also schon weg. Und da die Bande offenbar auch nicht scharf auf Ärger war, beschimpften wir uns bloß gegenseitig und zogen dann ab. Später gingen wir natürlich zurück, um ihre Plakate zu überkleben, aber sie haben danach sicher alles wieder zuschanden gemacht. Na ja, so ist nun mal das Leben.«

Verständnislos sah ich ihn an. Worauf wollte er hinaus? Ich war schon lange nicht mehr zum Plakatkleben mitgegangen, und solche Geplänkel ließen mich völlig kalt.

Es war ein Spiel, es ging darum, wer das letzte Wort hatte. Jeder hatte seine Hochburg, bestimmte Reviere, wo nur seine Farben hängen durften. Und wie sie sich freuten, wenn es ihnen über Nacht gelungen war, das Terrain der anderen mit ihren Plakaten zu überziehen!

»Eines beunruhigt mich allerdings«, fuhr Bernard fort. »Ich glaube, ich habe Fus mit ihnen herumziehen sehen. Ich lege zwar meine Hand dafür nicht ins Feuer, aber da war so ein großer Kerl dabei, der aussah wie dein Sohn. Die Kumpels haben ihn nicht bemerkt, aber ich bin mir ziemlich sicher. Er trug eine Jacke mit einem großen Apachen auf dem Rücken, das ist er doch, oder?«

»Hm, vielleicht, nein, ich denke, eher nicht«, stammelte ich, Bernard redete aber schon weiter.

»Keine Sorge, junge Leute haben nun mal immer Blödsinn im Kopf. Es darf nur nichts passieren. Und du kennst unsere Genossen, da sind einige Raufbolde drunter, die ohne Zögern zuschlagen, selbst wenn es dein Sohn ist.« Er versetzte mir einen freundschaftlichen Rippenstoß. »Echt eine Schande, dass sie den Grünschnäbeln so den Kopf verdrehen.«

Fus war zweiundzwanzig. Kein Grünschnabel mehr. Was trieb mein Sohn mit den Faschos?

Als ich ihn am Abend danach fragte, redete er sich raus. Er habe nur ein paar Kumpels begleitet, es sei das erste Mal, dass sie Plakate geklebt hätten, er habe nur wissen wollen, wie das ist.

Was immer ich an dem Abend gedacht hatte, wie sehr ich darüber gegrübelt hatte, was zu tun war – letztlich unternahm ich nichts. Absolut nichts. Nichts von allem, was man sich hätte vorstellen können. Ich sah mich außerstande, so eine Auseinandersetzung zu führen. An jenem Abend fühlte ich mich unendlich feige. Und verdammt alt. Ich erinnere mich, dass ich lange in den Garten hinausstarrte. Er war wirklich schön, die Obstbäume trieften vom Regen, den sie gerade abbekommen hatten, und die tintenschwarzen Wolken kündigten für die nächste halbe Stunde einen weiteren Guss an.

Ich hätte auf ihn losgehen sollen, stattdessen versuchte ich mit ihm zu reden, er bekam nicht einmal einen Anschiss.

»Wie kannst du bloß?«, fragte ich, und er antwortete nur: »Es ist nicht so, wie du denkst.«

»*Was* soll ich denken?«

»Wie lange klebst du eigentlich schon keine Plakate mehr?«, entgegnete er. »Du gehst doch nur noch zum Kuchenessen zur Partei.«

Ich stieg nicht drauf ein, wollte nur wissen, ob es ihm nicht peinlich sei, mit Rassisten herumzuhängen.

»Sie sind keine Rassisten; das war früher einmal. Wie auch immer, meine Kumpels sind nicht rassistisch, nicht mehr als du und ich.«

»Ah, sie sind also nicht rassistisch, sondern nur gegen Einwanderer.«

»Sie sind gegen weitere Einwanderung, Paps, nicht gegen die Einwanderer, die schon hier sind. Die gehen ihnen nicht auf die Nerven – solange sie keinen Mist bauen.«

Letztlich waren es also normale Leute?

»Meine Kumpels sind gute Jungs. Nicht das, was du glaubst«, sagte er noch, als wollte er mich endgültig überzeugen, und setzte sich dann ans Ende des Tisches, wartete vielleicht darauf, dass ich mich zu ihm setzte, dass ich zwei Bierdosen holen und wir in Ruhe ein Bierchen miteinander trinken würden.

Doch ich blieb am Fenster stehen, den Rücken zu ihm gewandt. Schaute nach draußen, um nicht zu verpassen, wenn Gillou nach Hause kam. Ich hatte Angst, er könnte uns streiten sehen.

»Glaub mir, meine Kumpels sind auf der Seite der Arbeiter«, fuhr Fus leise fort, »vor zwanzig Jahren hättet ihr zusammen gekämpft. Sie pfeifen auf das, was die in Paris von sich geben, sie setzen sich für unsere Gegend ein, wollen nicht, dass wir hier vor die Hunde gehen. Sie haben die Nase voll von dem ganzen Europagelaber. Und sie unternehmen was. Sie kriegen ein bisschen Geld aus Paris, das sie hier verwenden können. Letzten Samstag zum Beispiel haben sie das Haus eines Opas neu eingerichtet, den man vor Kurzem ausgeraubt hat. Und ob es dir gefällt oder nicht, die Leute hier nehmen ihre Hilfe gern an.«

In knapp zehn Minuten rechtfertigte er so, dass er mit Rechtsextremen rumzog. Und ich fand mich damit ab, dass der eigene Sohn auf der anderen Seite stand. Nicht auf der von Macron, sondern bei den widerlichsten Typen. Den Freunden der Holocaust-Leugner, den Dreckskerlen. Fus blieb ruhig, schien fast froh, dass jetzt alles auf dem Tisch war. Er bekannte Farbe, wie ein Zeuge Jehovas durchdrungen von seinem Stuss, voller neuer Gewissheiten und immer sehr freundlich.

Und ich? Ich schämte mich. Und es beschämte mich, dass wir von nun an damit leben mussten. Was immer wir tun würden oder wollten, Tatsache war: Mein Sohn machte mit den Faschos gemeinsame Sache. Und soviel ich begriffen hatte, fand er großen Gefallen daran.

Wir steckten in einem verdammten Schlamassel. Die Mutti konnte echt stolz auf mich sein.

»Das ändert hier aber nichts«, sagte Fus zum Schluss und stand auf.

8

In all den Wochen, die dann folgten, ging ich außer zur Arbeit nicht aus dem Haus. Ich mied Fus, was nur nicht immer möglich war, denn da war ja noch Gillou. Beim Essen rissen wir uns zusammen. Wir hüteten uns davor, ins Gespräch zu kommen. Das machte Gillou für uns. Und dabei waren wir nach wie vor in vielem einer Meinung. Wie war das möglich? Wie konnte er mit den Faschos rumziehen und trotzdem mögen, was wir schon immer gemocht hatten? Er legte auch weiterhin Muttis Platten von Jean Ferrat auf, wie er es seit ihrem Tod immer getan hatte. Verdammt, begriff er eigentlich, was Ferrat da sang? »Ich denk an dich, Desnos, wie du in Compiègne in den Zug stiegst und deine eigne Prophezeiung sich erfüllte.« Wie konnte er immer noch dieses Lied trällern? Er hing mit denen herum, die Robert Desnos in den Zug zum KZ Flossenbürg getrieben hatten! Dennoch sagte ich kein Wort. Nur ein einziges Mal herrschte ich ihn an, dass er still sein solle. Worauf Gillou mich ansah, mit einem Augenzwinkern seinen Bruder angrinste und meinte: »Nicht gut drauf, der Alte.« Zum Glück hatte Gillou nicht verstanden, worum es ging. War auch besser so.

Alles war klar. Und doch änderte sich bei uns nichts, genau wie er es gesagt hatte. Sonntags ging ich wie immer auf den Fußballplatz, um ihn spielen zu sehen. Und wenn er mit seinem Pack loszog, tat er es diskret, als ob er mich nicht noch mehr verletzen wollte. Sein Vater sollte nicht alles wissen. Irgendwann blieb er sogar wochenlang zu Hause, um für seine Abschlussprüfung zu büffeln. Damals hoffte ich, dass es vielleicht vorbei sein würde, dass er eines Abends zu mir sagen würde: »Keine Ahnung, was mich da geritten hat«, und dann wieder ganz auf meiner Seite wäre. Dass er sich von ihnen distanzieren würde, wir wieder gemeinsam in unser Parteilokal gehen würden und zum Grab seines Großonkels Laurent, einem Gewerkschafter der ersten Stunde in der CGT, der deportiert und unter der roten Fahne und der Trikolore begraben worden war. Aber dazu kam es nicht. Kaum waren die Prüfungen vorüber, zog er wieder los.

Einmal kam einer von seinen Kumpels vorbei, klingelte an der Tür. Ich öffnete ihm. Er sah nett aus. Normal gekleidet. Fragte höflich nach meinem Sohn. Ich ließ ihn herein, wir wechselten ein paar Worte, es wäre schwer gewesen, es nicht zu tun. Wir haben uns sogar die Hand gegeben. Ganz mechanisch. Er machte mir ein Kompliment für den Garten, erklärte, seine Eltern hätten auch einen und er gehe ihnen manchmal zur Hand. Was sollte ich da noch sagen? Jetzt, da ich ihn hereingelassen und mit ihm gesprochen hatte, konnte ich ihn unmöglich anschnauzen. Und ihn auch nicht einfach stehen lassen. Es dauerte eine Weile, bis Fus aus seinem Zimmer kam. Ich musterte den Typen unauffällig. Er sah fit aus, sportlich. Hatte einen festen, offenen Blick. Wirkte keine Spur bösartig. Der Typ junger Mann, den man sich als Freund seiner Kinder wünscht. Als Fus endlich auftauchte, begrüßten sich die beiden ausführlich. Zwei gute Kumpels. Auf dem Weg zur Straße legten sie einander den Arm um die Schultern. Stiegen in einen kleinen, blitzsauberen Lieferwagen, sicher ein Mietwagen.

Den Rest des Tages ging mir der Junge nicht mehr aus dem Kopf. Ich versuchte mir vorzustellen, wie er Araber jagte und verprügelte. Irgendwie passte das nicht zusammen. Ebenso wenig wie bei meinem Sohn. Und doch müssen sie so was zusammen unternommen haben. Fascho-Aktionen. Was auch sonst? Ich konnte meine Vorstellungskraft noch so bemühen, kein Bild hielt stand, an seinem Engelsgesicht glitt alles ab.

Als Fus am Abend nach Hause kam, ging er entgegen seiner Gewohnheit nicht gleich auf sein Zimmer, sondern kam in die Küche.

»Das war Hugo«, sagte er, »seine Eltern leben in einem der Häuser am Beller-Bach.«

Als ob mich das hätte beruhigen können. Kleine Arbeiterhäuser, nicht weit entfernt vom Bahnhof, meist gut renoviert. Seit Armand seines an ein junges Krankenpflegerpaar verkauft hatte, kannte ich dort niemanden mehr.

»Die sind ganz nett. Und du solltest mal ihren Garten sehen!«

»Ich weiß«, schnitt ich ihm das Wort ab, »dein Kumpel hat mir schon davon erzählt.«

»Ah ... okay.«

Ich raspelte wie verrückt Karotten, damit ich den Kopf nicht von der Salatschüssel heben musste, hin- und hergerissen zwischen dem Wunsch, das Gespräch fortzusetzen, mehr über besagten Hugo zu erfahren, darüber, was sie den Nachmittag über gemacht hatten, und meinem beharrlichen Schweigen, mit dem ich ihn seit Wochen strafte. Er blieb lange neben mir stehen, stocksteif, ohne etwas zu sagen, wahrscheinlich wartete er darauf, dass ich wieder mit ihm redete. Aber von mir kam an diesem Abend nichts. Irgendwann fing er an, den Geschirrspüler auszuräumen, motzte, dass er nichts mehr taugen würde, womit er nicht ganz unrecht hatte, ich sträubte mich bloß seit Monaten wegen der Kosten, und nachdem er von Hand gespült hatte, was nicht sauber geworden war, und gewissenhaft abgetrocknet hatte, was noch nicht richtig trocken war, und schließlich auch noch alles ordentlich aufgeräumt hatte, konnte er mit gutem Grund die Küche verlassen. Und ich für meinen Teil hatte das Gefühl, viel erreicht zu haben, ja, ich fand es sogar schön, dass wir zusammenleben konnten, ohne aufeinander loszugehen.

Mit Hugo und seinen anderen Kumpels sammelten sie

in unserer Region alte Möbel ein, dunkle, schwere Massivholzschränke und Kommoden, die sie herrichteten und wieder verkauften. Ausgiebiges Abbeizen und Bearbeiten mit einer Holzstrukturbürste machten sie wieder ansehnlich. Oder sie lackierten sie in modernen Farben, taupe oder einem leuchtenden Grün. Die meisten gingen weg wie warme Semmeln, und die, die keine Abnehmer fanden, schenkten sie direkt bedürftigen Familien. Das alles wusste ich von Gillou, der die Heldentaten seines Bruders auf Facebook verfolgte.

Fus und seine Kumpels schienen viel Spaß zu haben. Man konnte sehen, wie sie sich mit bloßem Oberkörper über die Möbel hermachten. Die Werkstatt wirkte versifft bis zum Gehtnichtmehr, überall lagen leere Bierdosen herum, die Wände waren voll von unleserlichen Tags, manche der Jungs hatten Kippen zwischen den Lippen. Mit langen Haaren und Pferdeschwänzen hätten sie gut in unsere alten Jugendhäuser und Kulturzentren gepasst. Fus' Kumpels hatten jedoch die Nacken ausrasiert. Auf den Fotos sah man auch zwei, drei Mädchen, und die machten einem fast noch mehr Angst. Sie saßen auf einer Werkbank, sahen den Jungs bei der Arbeit zu, schwere Treter an den Füßen, Armeehosen und Achselshirts, ihre schmalen Gesichter voll Hochmut und Hass.

Wäre es dabei doch nur geblieben. Auf der Seite ging es jedoch weiter mit irgendwelchem Rap-Zeugs, das ich nicht verstand, vor allem aber mit einem Haufen Kommentaren, in denen es hieß, dass jeder, der nicht weiß sei, genagelt oder in den Arsch gefickt gehöre. Juden und Schwuchteln wurden am meisten bedient, dicht gefolgt von Arabern, und da alles mit einem Schwarm kleiner Smileys garniert war, hatte es wohl nicht allzu viele Konsequenzen. Von Zeit zu Zeit forderten einige Posts zwar etwas mehr Zurückhaltung, sie kamen von Moderatoren oder kleinen örtlichen Kapos, die nicht wollten, dass Paris ihnen auf die Finger klopfte, aber das Ganze war trotzdem zum Kotzen.

Gillou wusste folglich über seinen Bruder Bescheid. Was war ich doch naiv gewesen zu glauben, dass ich ihn vor diesem Mist hätte schützen können.

»Du bist im Bild?«, fragte ich ihn, als er mir die Facebookseite zeigte.

»Ja. Aber das ändert nichts.«

Er also auch. War ich echt der Einzige, der ein Problem damit hatte?

»Findest du nichts Schockierendes an dieser ganzen Kacke? Stört es dich nicht, dass dein Bruder da mittendrin steckt? Denkst du auch so wie sie?«

»Paps, Fus ist nicht so. Okay, seine Kumpels sind durchgeknallt, aber er ist und bleibt ein guter Kerl. Zudem finde ich es cool, wie sie die alten Möbel aufpolieren. Jeder Samstag geht dafür drauf, und es ist doch besser, sie sind in der Werkstatt, als dass sie in irgendeiner Kneipe rumhängen.«

»Das heißt, du wirst ihm nicht sagen, dass er auf einen Irrweg geraten ist?«, bohrte ich weiter.

Wie so oft begnügte sich Gillou mit einem »Mach dir keine Sorgen, Paps«.

Ich weiß nicht, warum er Hoffnung hatte, der verlorene Sohn würde irgendwann umkehren.

»Mach dir keine Sorgen.«

In meinen Augen hatten wir allerdings längst eine Linie überschritten, und in den folgenden Wochen entwickelten sich die Dinge weiter. Fus verbrachte seine Zeit jetzt nicht nur in der Werkstatt, sondern kampierte, wenn das Wetter es zuließ, mit seinen Kumpels zehn Kilometer von uns entfernt auf einem recht schön gelegenen Gelände. Ein Bauer hatte ihnen – ob unter Druck, wusste ich nicht – ein kleines Stück Land mit einer Hütte überlassen, die ihnen als Hauptquartier diente. Rundherum hatten sie Zelte aufgestellt, die sie mit Brettern und Blech verstärkten. Regelmäßig besuchte ich nun ihre Facebookseite, auch wenn Gillou nicht da war. Und sah stets dieselben Gesichter. Das Ganze erinnerte an eine Hausbesetzung. Und wie bei allen besetzten Häusern erblühten auch hier im größten Dreck die schönsten Dinge. Sie hatten sich eine schicke Veranda gebaut, auf der sie ihre Bierchen tranken.

»Siehst du, Paps, Politik ist ihnen egal, sie wollen einfach nur etwas zusammen unternehmen und zusammen abhängen«, erklärte Gillou. Und in der Tat: Wenn man sich nur die Bilder anschaute, wenn man von allem anderen absah und nicht die vielen ekelhaften Kommentare auf der Seite las, konnte man glatt glauben, alles sei in schönster Ordnung.

9

Dienstag nach Pfingsten erhielt Gillou Antwort auf seine Bewerbungen. Er kam aus seinem Zimmer herunter und sagte: »Es hat geklappt.«

»Was hat geklappt?«, fragte ich, weil mir das Datum der Bekanntgabe völlig entfallen war, ich war ganz auf sein Abitur fokussiert gewesen.

»Nächstes Jahr. Ich kann frei wählen. Ich kann aufs Fabert, sogar mit Internat. Oder aufs Carnot. Fürs Internat stehe ich dort noch auf der Warteliste. Allerdings weit hinten, daher glaube ich nicht, dass ich ein Zimmer bekomme«, erklärte er und fuhr dann fort: »Echt scheiße, erst nehmen sie dich an der Schule auf, und dann musst du dich selbst um eine Unterkunft kümmern. Für die Bewerber aus der Provinz sollte das verboten sein. Aber wie dem auch sei, ich denke, ich werde beim Fabert zusagen. Metz ist schließlich auch nicht schlecht.«

Ich hätte fast zugestimmt und in meiner Einfalt gesagt: »Tu, was du für richtig hältst«, aber Fus kam mir zuvor und rettete mich.

»Mach keinen Scheiß, Dicker«, meinte er, »du nimmst natürlich das Beste. Du kannst Paris haben, also geh nach

Paris. Paps und ich werden alles dransetzen, damit du 'ne Bude findest.«

Ich sah Fus an – und ging schnell aus dem Zimmer, weil mir Tränen in die Augen schossen. Hinter meiner Stirn schwoll die Flut an, der Druck aufs Trommelfell schmerzte, die Tränen waren richtig dick. Im Auto zum Friedhof und dann auf der Friedhofsbank habe ich mich ausgeheult. Nicht an ihrem Grab, aber was machte das schon, Hauptsache, ich war in ihrer Nähe.

Als ich mich einigermaßen gefangen hatte, hielt ich meinen Kopf unter den Wasserhahn des Brunnens, den man aus unerfindlichen Gründen ganz am äußersten Ende des Friedhofs installiert hatte. Eine alte Frau, die Blumen auf den Gräbern arrangierte, sah aus den Augenwinkeln zu mir herüber. Ich muss sie erschreckt haben, mit meinem verheulten Gesicht und meinen klatschnassen Haaren, und das, obwohl wir beide oft hier waren und uns flüchtig kannten.

Ich hatte Angst davor, wieder nach Hause zu gehen. Dort hatte sich unterdessen nichts geändert. Es wurde ein ruhiger Abend, zwischen Fus und mir herrschte wieder dieser falsche Einklang, wir unterhielten uns nur über das Notwendigste. Später fragte ich Gillou nur noch: »Alles in Ordnung? Hast du Paris zugesagt?«, und er erwiderte: »Ja, danke.«

In den folgenden Wochen stürmte es wie nie zuvor. Wind

und sintflutartiger Regen. Die ganze nähere Umgebung war überschwemmt, uns traf es mehr als anderswo.

Fus kehrte nach Hause zurück, ihr Zeltplatz stand ebenfalls unter Wasser.

»Wir sollten uns um Gillous Zimmer in Paris kümmern«, sagte er eines Morgens zu mir. »Lass es uns vor den Ferien tun; wenn das Schuljahr beginnt, ist es zu spät, dann gibt es bestimmt nichts mehr.«

Er hatte recht. Ich hatte es bisher immer wieder verschoben, mich nur vage bei den Kollegen nach den Lehrlingsheimen der Bahn erkundigt, ohne jedoch dort anzurufen.

Fus ließ nicht locker. »Wenn du willst, fahre ich mit ihm am Wochenende hin. Samstagabend können wir bei einem Freund übernachten. Wenn wir alle Wohnungsanzeigen abklappern, sollten wir etwas finden.«

Ich antwortete nicht, weil ich ja nicht mehr mit ihm redete. In ähnlichen Fällen begnügte ich mich meist damit, die Dinge in Angriff zu nehmen, häufig befolgte ich sogar seinen Rat, ohne ihm recht zu geben. Das ging wie von selbst. Er sagte, was er zu sagen hatte oder worum er mich bitten wollte, am besten vor Gillou, damit das Gespräch, falls es einen Austausch brauchte, über ihn stattfand. Ich tat, was ich tun musste. Und wenn ich etwas nicht verstand oder zu beanstanden hatte, behalf ich mir damit, es Gillou zu sagen, damit er es mit seinem Bruder besprach. Oder ich machte nichts und ließ alles schleifen.

In diesem Fall ließ ich die beiden nach Paris fahren. Es war das erste Wochenende nach Gillous Abitur. Ich gab ihnen alles mit, was einem Vermieter Sicherheit vermitteln konnte, meine Lohnabrechnungen, die Arbeitsbescheinigung der Eisenbahn bis hin zu den Kontoauszügen eines Sparkontos, das die Mutti, kurz bevor sie krank wurde, angelegt und ich gewissenhaft gefüllt hatte, als wäre es die heiligste Sache der Welt.

Sie kamen unverrichteter Dinge zurück. Und fuhren am darauffolgenden Wochenende wieder hin. So ging es bis Mitte Juli. Ich fragte Gillou, ob ich mitkommen solle, aber die beiden meinten unisono: »Nein, keine Sorge, das wird schon noch klappen.« Sie waren ordentlich gekleidet, gut rasiert und gekämmt, zwei hübsche Jungs. Ich fragte mich zwar, wer der besagte Freund war, der sie jeden Samstag beherbergte, doch Gillou, den ich mehr als einmal dazu löcherte, blieb vage und meinte nur, dass sie ihn kaum sahen.

Gillou genoss diese Ausflüge mit seinem Bruder sehr. Auch ohne Unterkunft kam er sonntagabends strahlend zurück. Und Fus war genauso fröhlich. Kaum zurück, sprudelte es in allen Einzelheiten aus ihm heraus, als hätte er vergessen, dass zwischen uns Funkstille war. Ich ließ ihn erzählen, ohne Fragen zu stellen, bis ihm nach ein paar Minuten wieder einfiel, wie es zwischen uns stand, und er verstummte.

Ich wusste nicht, dass sie bei einem Fascho schliefen,

einem Kerl, der später an üblen Aktionen des Front National beteiligt war. Erst als sie ein Zimmer für das neue Schuljahr gefunden hatten, rückte Gillou mit der Sprache raus. Fus hatte Druck auf ihn ausgeübt, damit er es nicht vorher ausplauderte. Sie hatten in dem Raum geschlafen, der als Zwischenlager für Fascho-Plakate und Schlagwaffen diente.

Und wieder wusste ich mir nicht anders zu helfen, als herumzubrüllen. Ich war irre wütend, es kam jedoch zu keiner Prügelei, ich war gelähmt, wie in einem Alptraum. Zwanzigmal sah ich Fus' Kopf, seinen Hals, seinen großen, zitternden Adamsapfel vor mir, zwanzigmal wollte ich ihn packen, ich wusste, wohin ich meine Hände hätte legen, wie ich ihn mit einem kurzen Ruck so fest am T-Shirt hätte packen müssen, dass der Kragen riss, ich wusste, wie ich ihm mit dem Stoff die Luft abschnüren, ihm gleichzeitig mein Knie in die Eier rammen und ihn gegen die Wand drücken konnte, sodass er sich nicht mehr hätte rühren können, ich wusste genau, wie man es macht, ich hatte es schon bei anderen praktiziert – aber es ging einfach nicht, kein einziger Befehl des Hirns erreichte meine Arme. Die ganze Wut blieb in mir drin, schnürte mir die Brust zu, verbrannte meine Lungen, aber sie platzte nirgendwo heraus. Im Gegenteil, meine Beine fühlten sich auf einmal an wie Watte, meine Arme nutzlos und paralysiert. Daher brüllte ich nur, laut und immer lauter, dazu reichte es noch. Ich schrie ihn an, er solle seinen kleinen Bruder nie mehr in seine schmutzigen Machenschaften reinziehen, ich brüllte, er habe seine Mutter nicht verdient, und noch viele andere unsinnige, äußerst fiese Dinge.

Er stand da, sah mich an. Furchtlos. Aber nicht herausfordernd. Eher besorgt. Als mir schließlich keine Gemeinheiten mehr einfielen und ich, völlig außer Atem, innehielt, meinte er nur: »Es war schwer, etwas anderes zu finden, weißt du? Und wenigstens haben wir jetzt eine Bude für ihn. Nicht zu teuer und nicht zu weit weg von seiner Penne.«

Um nicht als Feigling zu gelten, vergewisserte er sich kurz, dass sich meine ganze Wut erschöpft hatte und ich nichts mehr vorbringen würde, und verließ dann wortlos das Zimmer.

Gillou habe ich keine Vorhaltungen gemacht. Obwohl ich mich über ihn ärgerte, wollte ich mit ihm keine neue Front aufmachen. Wozu auch? Und es stimmte, das Unterkunftsproblem in Paris war gelöst, das war schließlich auch etwas.

Fus war nicht sauer auf Gillou, weil er mir alles verraten hatte. Im Gegenteil, er hatte an Paris Gefallen gefunden und schenkte Gillou in den nächsten Wochen einen Haufen Dinge, die ihm dort nützlich sein würden. Eine Stehlampe, eine schöne Schreibtischlampe, Geschirr, ohne zu wissen, was er damit anfangen sollte. Es waren echte Geschenke, teure Marken, gekauft in Terville und bezahlt von seinem Lehrlingslohn. Er stattete ihn sogar mit Klamotten aus, mit hippen Jeans und T-Shirts.

»Damit du bei den ganzen Cracks nicht daherkommst wie ein Bauer. Hey, du vertrittst Lothringen, Dicker! Versprich mir, dass du auf dein Aussehen achtest. Deine weiten Clowns-Jogginghosen und deine Franprix-Shirts hebst du dir fürs Wochenende auf, okay?«

Meine Wut auf Fus schwelte unterdessen weiter. Ich hielt mich fern von der ganzen freudigen Erwartung, auch wenn ich mich manchmal fragte, ob Fus' ausschweifendes Verwöhnprogramm nicht eher für mich bestimmt war, ob es nicht dazu da war, mich milde zu stimmen. Gillou, der ein feiner Kerl war, wusste mich jedenfalls zu schonen und sparte sich seinen Dank auf, bis er mit seinem Bruder allein war.

10

August ist der beste Monat in unserer Gegend. Mirabellenzeit. Gegen fünf Uhr nachmittags erlebt man das schönste Licht des ganzen Jahres. Goldgelb, leuchtend, süß und doch voller Frische. Schon vom Herbst durchdrungen, von grünen und blauen Zesten durchzogen. Dieses Licht, das sind wir. Es ist schön, aber schnell vorbei und kündigt bereits alles Nachfolgende an, trägt schon das weniger gute Wetter in sich, die Tage, die schnell kühler werden. In Lothringen haben wir selten einen Altweibersommer. Man spricht viel vom Licht im sommerlichen Norditalien, das möchte ich gern glauben, ich war noch nie dort, aber ich wette, dass es in der kurzen Zeit, den zwei Wochen vor Schuljahresanfang, zu genau dieser Stunde des Tages, von unserem Licht locker übertroffen wird. Das Licht der letzten Apéros im Freien, das die Menschen glücklich macht.

Jacky hatte uns in den letzten Monaten immer wieder eingeladen.

»Wir haben dich und die Kinder den ganzen Sommer über nicht gesehen. Was ist los? Bist du sauer auf uns?«

Ich hatte ständig Ausflüchte gefunden, um nicht hingehen zu müssen, so sehr schämte ich mich. Aber Jacky blieb hartnäckig, lud uns immer wieder ein. Was konnte ich da tun? Er hatte uns immer geholfen, war in den schweren Momenten immer für uns da gewesen. Als Fus und Gillou eines Abends beide nicht da waren, nutzte ich daher die Gelegenheit und ging zu ihnen rüber.

»Wie? Du bist allein?«

»Äh, ja ... es war ein bisschen kompliziert für die Kids. Sie lassen euch grüßen.«

»Mensch, dann habe ich zu viel eingekauft. Ich habe haufenweise Spareribs besorgt. Na ja, macht nichts, was übrig bleibt, nimmst du einfach mit, und sie essen es morgen. Aufgewärmt schmecken sie noch besser.«

Jacky war eine Zeit lang Koch in einem Krankenhaus gewesen. Essen konnte er sich nur in sehr großen Mengen vorstellen. Auf der Terrasse hatte er sich eine riesige Grillstation gebaut, auf die ein ganzes Schwein passte. Es brauchte eine gute Stunde, um das Ding auf Betriebstemperatur zu bringen, und jedes Mal benötigte er dafür einen vollen Sack Holzkohle.

Es tat mir gut, bei ihm und seiner Frau zu sitzen. Die Welt mal aus einem anderen Blickwinkel zu betrachten. Und sein Steingarten war letztlich gar nicht so übel.

Als er vor zwei Jahren seine schönen Blumenbeete auflöste, »zu viel Arbeit, weißt du«, schüttelte ich nur verständnislos den Kopf. Ganze Samstage verbrachte er damals damit, in den Hügeln der Umgebung nach löchrigen

Kalksteinen zu suchen, er wusste, wo man die schönsten fand. Ich hatte ihm beim Transport geholfen. Manche Steine, die er zum Stützen des Ganzen brauchte, wogen gut fünfzig Kilo das Stück. Er konnte gar nicht genug in sein Auto laden und hätte es beinahe ruiniert. Trotz all seiner Bemühungen, dem künstlichen Steinhügel eine schöne Gestalt zu geben, war ich am Ende nicht überzeugt. Zuvor blühten seine Hortensien das ganze Jahr über, die Blumen, die er sich kommen ließ, waren hingegen mickerig und blühten kaum. Teures Grünzeug, von überallher, das bald wieder eingegangen war. Seitdem wuchsen Disteln und Löwenzahn zwischen den Steinen. Disteln sind wunderschön, wenn man sie genau betrachtet. Sie stecken voller Überraschungen, jede sieht anders aus, sie sind zwar nicht jedermanns Sache, aber für Kenner durchaus eine Pracht.

Da ich sowieso das Gefühl hatte, die Sache mit Fus stünde mir ins Gesicht geschrieben, packte ich noch vor dem Essen damit aus, damit ich es hinter mir hatte. Während ich ihnen die ganze Geschichte erzählte, wurde mir allerdings klar, dass ich nicht wusste, wen meine Nachbarn eigentlich wählten. Wir hatten nie darüber gesprochen. Es war mir immer selbstverständlich erschienen, dass sie links waren, ich hatte sie aber nie in der Partei oder bei einer Demo gesehen. Jacky war ein Mann aus dem Volk. Und seine Frau stand ebenfalls mit beiden Beinen im Leben, wenngleich sie Abitur gemacht hatte. Sie waren Menschen ohne Allüren. Ihre Eltern stammten aus der Gegend. Sie hatten in der Fabrik gearbeitet, waren keine Bauern. Und auch wenn er die Abendschule besucht hatte und Vorarbeiter geworden war, für mich war und blieb Jacky immer ein Arbeiter. Dennoch war es möglich, dass die beiden dem Front National nahestanden. Von meinen Enthüllungen waren sie jedenfalls nicht allzu schockiert.

»Fus bleibt immer noch Fus. Er ist ein guter Junge«, meinte Jacky und begann dann irgendetwas zu nuscheln von wegen, der FN liege nicht unbedingt in allem falsch. Dabei verstrickte er sich in komplizierte Sätze, in denen immer wieder ein »Aber Achtung, ich will damit nicht sagen ...« vorkam, vermischt mit Floskeln wie »Glaub bloß nicht, dass ...«

Ich fand nicht heraus, ob er mir über meine Verlegenheit wegen meines Sohnes hinweghelfen wollte oder ob er tatsächlich glaubte, in den Reden dieser Vollidioten stecke ein Körnchen Wahrheit. Ich wollte aber auch nicht zu tief bohren. Der Abend war viel zu schön, um sich darüber den Kopf zu zerbrechen, zumal es inzwischen dunkel geworden war. Und als hätte uns die Nacht dazu aufgefordert, wechselten wir dann das Thema.

11

Anfang September stand Gillous Umzug nach Paris an. Ich sah mich allerdings nicht in der Verfassung, mit Fus hinzufahren, zumal wir zu dritt in Gillous Zimmer hätten schlafen müssen.

Ich lud das Auto darum so voll, dass Fus gar nicht erst auf die Idee kam zu fragen. Aber ich wusste, und die Jungs wussten es auch, dass wir zu anderen Zeiten eine Lösung gefunden hätten. Und wäre es nicht anders gegangen, hätte Fus den Zug genommen und uns in Paris getroffen. Eine Weile hatte ich tatsächlich mit dem Gedanken gespielt, es war schon so lange her, dass wir drei zusammen weg waren, aber letztlich brachte ich es doch nicht über mich, beim besten Willen nicht, ausgeschlossen. Selbst wenn Gillou mich angefleht hätte – was er nicht tat.

So fuhren wir allein los. Und als wäre weiter nichts, verabschiedete sich Fus von seinem Bruder mit zwei Küsschen, blieb an seiner Tür stehen, und als ich startete, lief er im Spaß noch ein Stück nebenher. Gillou ließ ihn nicht aus den Augen, bis wir die Straße hinter uns hatten, dann drehte er sich zur Fahrbahn um, ihn beschäftigten nun andere Gedanken. Ich dagegen hatte Fus noch lange im

Rückspiegel vor Augen, lange nachdem das Auto die kleine Allee aus Einfamilienhäusern passiert hatte, lange nachdem wir schon aus dem Ort gefahren waren. Ich sah meinen Sohn neben dem Auto stehen und sich von seinem Bruder verabschieden, ohne jeden Vorwurf. Er hatte verstanden und akzeptiert, dass es so war, wie es war, und hatte vom frühen Morgen an, als wir mit dem Einladen begonnen hatten, bis zum Abschied auf dem Bürgersteig Stärke gezeigt, um kein Spielverderber zu sein, und die ganze Zeit über gute Miene gemacht, vielleicht in der Hoffnung, dass ich es mir doch noch anders überlegte. Nichts hätte mich daran gehindert umzudrehen, das Gepäck auf dem Rücksitz auszuladen, es platzsparender wieder ins Auto zu packen und dann zu dritt loszufahren, aber ich fuhr weiter, hatte es immer eiliger, auf die Autobahn zu kommen. Auf der A 4, die Mautstelle lag schon gute zwanzig Minuten hinter uns, dachte ich dann: »Geschafft, das hätten wir hinbekommen.« Und gleich danach: »Was für eine Scheiße. Was für ein beschissenes Leben.«

12

Ich hatte mich vor dem September und dem Zusammensein mit Fus unter der Woche gefürchtet. Es war klar, dass Gillou jeden Samstag heimkommen würde und wir ihn am Sonntagabend wieder zum Bahnhof brachten, damit er am Montagmorgen pünktlich in der Schule war. Seit es den TGV gab, war das trotz der Entfernung gut machbar. Wenn Gillou samstags gegen drei Uhr endlich nach Hause kam, weil er morgens noch vier Stunden Hausaufgabenbetreuung hatte, belagerten wir ihn alle beide. Fus verließ das Haus nicht, bevor er seinen Bruder gesehen hatte, und eine Stunde lang ließen wir ihn alles erzählen. Da Fus und ich die ganze Woche über praktisch kein Wort gewechselt hatten, freuten wir uns beide über Gillous laute Stimme, die endlich wieder das Haus erfüllte. Die Themen gingen uns nie aus, und uns lag auch viel an den beiden Wochenend-Mahlzeiten, denn sonntags aßen wir nicht mehr zusammen zu Abend, sondern machten Gillou ein paar Sandwiches, die er im Zug essen konnte.

Schnell hatte Gillou uns gestanden, dass er ganz schön büffeln musste. Und so kam mir bald die Idee, Jérémy um

Hilfe zu bitten: Ihm war es anfangs sicher nicht anders ergangen. Und Jérémy kehrte, wie Gillou, seit Beginn des Schuljahres jedes Wochenende nach Hause zurück, oft sogar mit demselben Zug.

Als Jérémy zum ersten Mal mit zu uns kam, war es, als hätte ich endlich einen Weg gefunden, Fus für seine Dummheiten büßen zu lassen. Kurz angebunden begrüßte Jérémy seinen ehemals besten Freund, setzte sich an den Esstisch und öffnete seine Mappe. Er hatte einen Haufen Kopien mitgebracht, die er eine nach der anderen kommentierte und Gillou hinüberreichte, der gebannt an seinen Lippen hing. Fus und ich fühlten uns dabei schnell überflüssig. Fus versuchte wohl, bei ihnen zu bleiben, um zu hören, was sein alter Kumpel so erzählte, da Jérémy sich aber einzig und allein um seinen kleinen Bruder kümmerte, verdrückte er sich schließlich doch. Vor dem Haus hörte ich ihn sein Moped starten, wütend wie ein Fünfzehnjähriger. Aus gutem Grund diesmal, und natürlich verschwand er, um seine Spezis zu treffen.

Fortan lud ich Jérémy ein, immer samstags gegen fünf zu uns zu kommen. Jérémy und Gillou lernten gut zusammen. Sie gaben einander Tipps, und anfangs war das natürlich noch eine Einbahnstraße, aber bald konnte ich erfreut feststellen, dass mein Gillou mehr und mehr Wissen ansammelte. Nach einer Weile blieb Jérémy auch noch zum Essen. Zuerst sprachen wir weiter über sein Studium, über Paris und was man dort alles sehen und unternehmen konnte. Fus hörte zu, ohne mit der Wimper zu zucken. Er versuchte sogar, Interesse zu zeigen und hin und wieder Fragen zu stellen. Die beiden antworteten ihm, das war kein Problem, es wäre aber auch nicht anders gewesen, wenn er nicht dabeigesessen hätte.

Jeden zweiten Samstag fuhren wir anschließend ins Stadion nach Metz. Fußball blieb ein neutrales Terrain, egal ob es die Spiele von Fus oder die des FC Metz waren. Wir gingen weiter zusammen hin, feierten die Tore unserer Mannschaft. Ich vermied es nur, neben Fus zu stehen, damit ich ihm nicht in die Arme fiel, sobald unsere Stürmer ein Tor schossen. Doch selbst wenn es so weit gekommen wäre, wäre es auch nicht schlimm gewesen. Fus verstand wie ich, dass das nichts bedeutete, dass diese Momente der Hysterie, der Spannung, alles andere nicht infrage stellten. Unsere senegalesischen Spieler konnten ein Tor nach dem anderen schießen, Renaud, unser göttlicher Glatzkopf, auf dem Spielfeld noch so glänzen, wir gingen nicht aufeinander zu, blieben zwei Typen, die sich nichts mehr oder kaum noch etwas zu sagen hatten.

Wir standen immer auf derselben Tribüne, mit Blick auf den Kanal, wo die Plätze seit eh und je am billigsten waren; soweit ich mich erinnere, waren sie früher nicht einmal überdacht. Wir standen hoch über dem Tor, noch über der »Horda Frenetik«, oder dem, was von ihr übrig geblieben war, denn die Ultras waren im Jahr zuvor auf die oberen Ränge verbannt worden, wegen eines Idioten, der sich für Lucky Luke gehalten und einen Feuerwerkskörper auf den Torhüter von Olympique Lyon geworfen hatte. Die »Horda«, das waren Leute von unserer, das heißt ... von meiner Seite. Die Faschos musste man auf den gegenüberliegenden Rängen suchen, auf der Tribüne Richtung Autobahn. Bisweilen gerieten die beiden Tribünen aneinander, wenn sie sich die Besucherparkplätze teilen mussten, ein jämmerliches Affentheater, wenn auch nichts im Vergleich zu dem, was in Paris passieren konnte.

Jérémy begleitete uns, wenn er Zeit hatte, obwohl Fußball nicht sein Ding war. Ich freute mich jedes Mal, wenn ich ihm die Eintrittskarte, ein Bier und nach dem Spiel einen »Stein« spendieren konnte. Wie bei den Mahlzeiten zu viert hatte ich die drei Jungs um mich. Trotz der Geschichte mit Fus blieb uns wenigstens das. Und ich hatte auch nach wie vor noch das Gefühl, die Dinge einigermaßen unter Kontrolle zu haben, dass nicht alles den Bach runterging. In diesen Momenten war ich in Gedanken oft bei der Mutti, ich glaube, sie wäre zufrieden gewesen, wie ich mit der Geschichte umging, und womöglich hätte sie es nicht anders gemacht. Und insgeheim hoffte ich natürlich, dass Jérémy Fus bei einer solchen Gelegenheit vielleicht den Kopf zurechtrückte.

Wenn das Thema Paris erschöpft war, begannen wir über andere Dinge zu reden. Jérémy wusste nicht, was mit Fus los war, zumindest hatte *ich* es ihm nicht erzählt. Seit diesem Studienjahr ging Jérémy öfter zu den Pariser

Jungsozialisten, die ihn mit einer Aufgabe im Rahmen der Initiative »Neue Solidarität« betraut hatten. Worum es da genau ging, war mir nicht klar, und ihm anscheinend auch nicht, wie er uns erzählte, aber er hatte dadurch die Chance, im Parteisitz von Zeit zu Zeit ein hohes Tier kennenzulernen, Leute, die man sonst nur im Fernsehen sah. Wie er uns an einem Samstagabend mal erzählte, war es seine Aufgabe, herauszufinden, wie sich junge Menschen heutzutage organisierten und warum sie in Vereinen und Verbänden immer weniger präsent waren. Begeistert redete er von den Mikrostrukturen, die sich über das Internet zusammenfanden. Zehn, zwölf Typen, Kleingruppen, die so schnelllebig waren wie Schmetterlinge. Kein Blabla, echte Teilhabe und Demokratie, konkrete Aktionen, morgens beschlossen, nachmittags umgesetzt. Das Paradies, laut Jérémy. Er schwärmte nur noch davon. Doch wenn es ein Paradies gab, musste es auch eine Hölle geben. Jérémy hatte folglich begonnen, sich mit den jungen Leuten zu beschäftigen, die sich in die Bewegungen verirrt hatten, die mehr oder weniger der extremen Rechten nahestanden. Es waren mehr, als man sich vorstellen konnte, und auch sie hatten die großen Strukturen hinter sich gelassen, organisierten sich auf lokaler Ebene, in unterschiedlichen Kleingruppen, alle mit derselben Gewaltbereitschaft und den angesagten Events zugewandt, von heimlichen Freefight-Turnieren bis hin zu Neonazi-Konzerten. Für Jérémy waren sie die Schlimmsten.

»Im Vergleich zu denen sind die Jugendlichen vom *Front national de la jeunesse* oder von der rechtsextremistischen Studentenorganisation GUD harmlose Bürohengste.«

Fus hatte schweigend zugehört. Er konnte gut zuhören. Schon immer. Er unterbrach nie einen Redner, ermunterte ihn allein mit einem Blick weiterzusprechen. Selbst wenn der andere innehielt, um Luft zu holen oder sich zu räuspern, ergriff Fus nicht gleich das Wort. An jenem Abend hatte Jérémy gar nicht mehr aufgehört, erzählte gut eine Stunde lang von der Fascho-Szene, so wie man es vom Fernsehen her kannte. Aus den Augenwinkeln beobachtete Gillou die Reaktion seines Bruders, aber der blieb ungerührt. Fus machte sich nur daran, die Essensreste auf dem obersten Teller zu sammeln, die Messer kreuzweise unter die Gabeln zu schieben, wie es ihm die Mutti beigebracht hatte, und das alles mit größter Sorgfalt, um Jérémy nicht zu unterbrechen. Dabei ließ er ihn nicht aus den Augen und ging erst in die Küche, als dessen Vortrag beendet war. Und auch dafür nahm er sich unglaublich viel Zeit, bereit, sich sofort wieder hinzusetzen, sollte Jérémy noch etwas hinzuzufügen haben.

»Das ist alles Pariser Blödsinn. Das betrifft uns nicht«, urteilte er schließlich, als er mit ein paar Bierdosen zurückkam, und verschwand noch einmal, um etwas zu knabbern zu holen.

Als er die Erdnussflips kurz darauf auf den Tisch legte,

die er und sein Bruder oft nach dem Abendessen vertilgten, waren wir schon bei einem anderen Thema. Gillou muss später mit Jérémy gesprochen und ihm von seinem Bruder erzählt haben, denn das Thema Rechtsextremismus kam von da an nie wieder zur Sprache.

13

Trotz allem, was wir wussten, schafften wir es, irgendwie miteinander auszukommen. Unter der Woche zu zweit, am Wochenende zu viert. Wochentags gingen Fus und ich auf Tauchstation, redeten nur das Allernötigste, begegneten uns dort, wo es unverfänglich war, achteten auf die wenigen Dinge, die nötig waren, damit das Zusammenleben erträglich blieb. Wie auf der Arbeit in den üblen Jahren. Guten Morgen, guten Abend, die notwendigen Weisungen, damit im Haushalt alles funktionierte: »Wenn du gehst, bring den Schlüssel zu Jacky, er kommt morgen sein Werkzeug holen« oder »Heute Abend gehe ich einkaufen«, aber nie mehr ein »Was hättest du gern?«. Einzig Fus' »Warte heute Abend nicht auf mich« ließ mich ab und zu aufatmen und bescherte mir ein paar entspannte Stunden, auch wenn ich mir ein wenig blöd vorkam mit dem Teller auf den Knien, allein vor dem Fernseher.

Wir hielten Abstand zueinander, berechneten unser Kommen und Gehen, damit wir nicht im Flur aufeinanderstießen. Als wären wir im Theater: Wenn irgend möglich, musste man dem anderen Gelegenheit geben, die Bühne zu räumen, bevor man sie selbst betritt. Vorbei die

Zeiten, in denen wir uns beim Zähneputzen um das kleine Waschbecken im Badezimmer drängten. Vorbei die Zeiten, als wir den Abwasch hoppla-di-hopp erledigten und uns dabei gegenseitig im Weg standen und gut gelaunt herumschubsten. Jetzt fiel uns jeder Schritt schwer, war von großer Vorsicht geprägt. Als ob man in einem tonnenschweren Schutzanzug in einer scheißradioaktiven Zone herumlaufen würde.

Dennoch verrauchte mein Zorn allmählich. Ich spürte es, wollte es aber nicht wahrhaben. Nachts redete ich im Traum mit der Mutti. Sie sah mich und ihren Großen durch das Haus geistern, aber sie bat mich nie, über alles hinwegzusehen, ganz sicher nicht. Sonst hätte ich mein Verhalten geändert. Wie ich konnte auch sie es nur schwer verwinden. Wie meine ließ auch ihre Wut nach – aber nicht die tiefe Scham. Ich schämte mich, aber nicht wegen der Blicke der anderen, wie ich zuerst gedacht hatte: Diejenigen, die Bescheid wussten, schienen nicht allzu schockiert zu sein. Nichts von dem, was ich befürchtet hatte, war eingetreten. Mein Sohn hatte sich verändert, und die Leute schienen sich daran zu gewöhnen. Zumindest taten sie so. Fus war kein Junkie, kein Dreckskerl, der die Nachbarschaft terrorisierte, das schien ihnen zu genügen. Sie wussten nun, dass er die Seiten gewechselt hatte, und achteten ein wenig mehr darauf, was sie zu mir sagten, um in kein Fettnäpfchen zu treten, mich nicht mit irgendeinem dummen Spruch zu verletzen, ein bisschen so, als ob ich ihnen gestanden hätte, Fus sei schwul. Nichts Schlimmes also. Es erforderte ein wenig Achtsamkeit, aber es hatte keine weiteren Folgen.

Jérémy kam nun fast jedes Wochenende zu uns. Ich freute mich genauso über seine Berichte vom Studium wie über die von meinem Gillou. Wenn ich keinen Dienst hatte, holte ich die beiden nachmittags voller Stolz vom Bahnhof in Metz ab, um ihnen das Umsteigen zu ersparen. Auf den Regionalzug Métrolor zu warten konnte, wie ich wusste, jedes zweite Mal ein echter Alptraum sein. Selbst wenn alles glattging, wenn sie den Anschlusszug nach Thionville pünktlich erreichten, waren sie noch gut anderthalb Stunden unterwegs, fast genauso lange wie von Paris nach Metz. Mit dem Auto ging das erheblich schneller. Es war meine kleine Zeremonie, ich fuhr immer rechtzeitig los, sie sollten keine Minute ihrer spärlichen Freizeit verlieren. Ich nahm ihnen ein paar Snacks mit, damit sie bis zum Abendessen durchhielten, Chicken Wraps, Chips und Trinkjoghurts, die sie zusätzlich zu dem, was sie bereits im Zug gegessen hatten, auf der Heimfahrt verzehrten. Ich wollte, dass sie mir schnell alles erzählten, was sie während der Woche erlebt hatten, aber ich spürte, dass Gillou damit lieber wartete, bis wir zu Hause waren. Ich respektierte das. Daher stellten wir das Autoradio an, auf France Inter lief um diese Uhrzeit eine nicht zu anspruchsvolle Sendung über Bücher, die uns allen drei gefiel, moderiert von ein paar Journalisten aus Québec mit einem unglaublichen Akzent.

Ich glaube, Jérémy war froh, mich und die Jungs zu sehen. Selbst mit Fus schien es keine peinlichen Momente mehr zu geben, sie hatten zu einem Nebeneinander gefunden. Er kam zu uns, sooft er konnte. Bei seinen Eltern wurde viel gestritten, über nichts und wieder nichts, und oft auch, soweit ich es verstand, über sehr ernste Dinge. Wären wir nicht gewesen, hätte er seine Dauerfahrkarte sicher gekündigt und wäre in Paris geblieben.

Die Fahrten zum Bahnhof von Metz wurden zu meinem neuen Leben. Ich hatte das Gefühl, etwas zutiefst Nützliches zu tun, drückte das Gesäß fest in den Sitz, damit mir mein Ischias nicht bei einer Seitwärtsbewegung in den Rücken schoss, konzentrierte mich ganz auf die Strecke, denn die A 31 verzieh einem keinen Fehler: Entweder kam man durch, oder man blieb stundenlang auf ihr hängen. Diese Fahrten waren mein Beitrag zum Erfolg dieser beiden tollen Jungs, wie klein, wie lächerlich er auch sein mochte.

Sobald die kalte Jahreszeit begann, wurde die Fahrt schwieriger, sogar mitten am Nachmittag schon. Die Gegend um Thionville verlor nichts von ihrer Schönheit, aber sie wurde eintöniger. Unwirtlicher. Und rutschiger. So würde es mehrere Monate sein, wir lauerten bereits auf die ersten

Schneefälle. Ich fing an, in einigen Kurven besonders vorsichtig zu fahren, und war immer froh, wenn wir heil zu Hause ankamen.

Normalerweise werkelte Fus um diese Zeit irgendwas in der Garage, um Gillou abzupassen, sobald er aus dem Auto stieg. Ein Hund hätte nicht treuer sein können. An diesem ersten Samstag im November war nichts von ihm zu sehen. Er empfing uns nicht wie sonst mit einem gespielt überraschten Gesichtsausdruck, als hätte er nicht auf uns gewartet, sich nicht schon seit einer halben Stunde in der Garage im Kreis gedreht. Wir hatten Jérémy kurz zuvor bei seinen Eltern abgesetzt und uns für später zum Essen verabredet, um dann gemeinsam nach Metz zu fahren und das Spiel anzusehen.

Wir fanden Fus auf der Couch, das Gesicht zerschmettert. Nur noch ein Auge war zu sehen. Die gesamte linke Seite seines Gesichts war eine einzige riesige Wunde, blau, schwarz und so angeschwollen, dass die Haut aufgeplatzt war. Er sah uns an, völlig benommen. Wie tot. Überall lag mit Blut vollgesaugtes Küchenpapier herum. Hinter seinem Ohr tropfte es weiter herunter. Sein linker Arm auf der Brust zitterte unaufhörlich, genauso wie seine Beine.

Wir standen sekundenlang da, erledigt von der Fahrt und völlig perplex, diesen großen Kerl so zusammengeschlagen vor uns zu sehen. Dann stürzte Gillou zu seinem Bruder, und Fus konnte gerade noch »Warte!« ächzen, um zu verhindern, dass Gillou ihm auch noch die wenigen heilen Rippen brach.

Wir brauchten unglaublich lange, um ihn ins Auto zu hieven. Von meinen Gefühlen überwältigt, setzte ich mich hinters Steuer und fuhr los wie ein Besessener.

14

Die Fahrt stresste mich so sehr, dass ich mich nicht mehr erinnerte, wo sich die Einfahrt zur Notaufnahme befand. Die wenigen Erinnerungen, die ich daran hatte, waren ziemlich vage, ich wusste nur noch, es gab eine Abzweigung, die man nicht verpassen durfte, weil man sonst gute fünf Minuten länger brauchte. Ich war wütend auf mich selbst. Ich hatte immer mit meinem Ortsgedächtnis geprahlt und jetzt das! Fus ächzte auf der Rückbank. Irgendetwas Unanständiges. Ich warf einen Blick in den Rückspiegel, er sah wirklich furchterregend aus. Die ganze Fahrt über hatte ich kaum auf die Straße, dafür viel in den Rückspiegel geblickt, kein Wunder, dass ich an der verdammten Abzweigung vorbeigerauscht war. Da die Zeit drängte und ich in Panik war, nahm ich kurzerhand die nächste Einbahnstraße in die falsche Richtung, damit ich nicht noch eine Runde fahren musste.

Vor dem Krankenhaus hatte ich dieselbe Mühe, Fus aus dem Auto zu hieven, wie Gillou und ich sie zu Hause gehabt hatten. Am Ende hatten wir ihn schräg auf die Rückbank gebettet, sodass seine Beine auf dem Beifahrersitz lagen, den wir zur Windschutzscheibe hin umgeklappt hatten. Fus war dabei wie ein Zombie gewesen, unfähig, uns zu helfen. Sobald man ihn berührte, stöhnte er auf wie ein verängstigtes Tier. Gillou redete fortwährend auf ihn ein, bat ihn, sich ein wenig mehr zu beugen, aber Fus blieb wie gelähmt, unfähig zur geringsten Bewegung.

Vor der Notaufnahme war es noch schlimmer. Gillou war zu Hause geblieben, weil im Auto kein Platz mehr gewesen war. Und allein schaffte ich es beim besten Willen nicht. Da ich wie ein Idiot geparkt hatte und die Einfahrt für die Krankenwagen blockierte, tauchten schließlich zwei Sanitäter auf und schnauzten mich an, ich solle den Weg freimachen. Fus' Schmerzensschreie ließen sie kalt. Sie herrschten ihn an, er solle sich nicht so anstellen, und zogen ihn ruck, zuck raus.

»Wenigstens brauchen wir keine Kettensäge«, sagte einer.

Kaum aus dem Auto heraus, klappte Fus jedoch bewusstlos zusammen. Die beiden Sanitäter fluchten und rannten mit der Rollbahre ins Gebäude. Sobald die unmittelbare Gefahr abgewendet war, machten sie mich dann zur Schnecke. Was ich mir dabei gedacht hätte, ihn selbst herzufahren? In so einem Fall müsse man immer die 15 anrufen! Ihre Standpauke ging noch eine ganze Weile lang weiter, immer die 15 anrufen, die 15, die 15, verstanden?

Dann das Krankenhaus. Das kannte ich nur zu gut.

Stundenlanges Warten, die Leute im weißen Kittel, die wortlos vorübereilten, manchmal mit einem kleinen, angespannten Lächeln, an nichts und niemanden gerichtet. Ich hatte noch keine Zeit zum Nachdenken gehabt, hatte nur reflexhaft gehandelt. Mit dem langsamen Reflex eines alten, kurzatmigen Mannes, aber ich hatte gehandelt wie ein Vater, dessen Sohn in Gefahr war. Später würde ich mir sicher noch ausführlich das Hirn zermartern über die Folgen und was sich damit ändern würde.

Gillou rief ständig an, doch ich konnte ihm nichts Neues berichten. Und um ihm Lügenmärchen aufzutischen, war ich zu verstört. Er weinte am Telefon. Ich glaube, ich auch. Ich sah meinen Fus schon als Einäugigen, sah ihn zum Krüppel werden. Da der Mensch in solchen Notsituationen immer ein bisschen bescheuert ist, kam mir der Fußball in den Sinn, ich dachte daran, dass er am nächsten Tag nicht würde spielen können, als ob es nichts Schlimmeres gäbe.

Als sie mir schließlich sagten, sie hätten ihn in ein künstliches Koma versetzt, bin ich auf meinem Stuhl zusammengesackt und erbrach alles, was ich in mir hatte. Ich übergab mich ohne Krämpfe, schlagartig, während ich den Arzt vor mir anstarrte. Seine goldene Brille, sein Gesicht, das nicht besorgt aussah, aber auch nicht beruhigend, die Miene eines Spezialisten, der schon zu viel gesehen hat, um in diesem Stadium die geringste Prognose zu riskieren, das Gesicht eines Fremden. Am nächsten Tag würde man mehr wissen, ich solle nach Hause gehen, hier sei ich nutzlos, die Nacht über würde nichts mehr mit Fus passieren.

Es war mir klar, dass mein Glaube keine Berge versetzen konnte, zumindest nicht dort, nicht so, und ich machte mir auch keine Hoffnungen, meinem Sohn, mit dem ich seit Wochen keine zehn Worte gewechselt hatte, irgendwie beistehen zu können, aber ich war zu fertig, um nach Hause zu fahren, ich wäre garantiert im Graben gelandet. Ich blieb also im Auto, auf dem Rücksitz wie Fus ein paar Stunden zuvor, starrte hinüber zu den Lichtern des Zimmers im Erdgeschoss, in das sie ihn gelegt hatten. Eine Weile beobachtete ich noch das Schattenspiel hinter den Mattglasfenstern, bis ich in mein eigenes Koma fiel.

Es war wohl die Mutti, die mich am frühen Morgen weckte. Ich kam mir vor wie ein Idiot, weil ich so lange geschlafen hatte. Ich rannte ins Krankenhaus, als gäbe es etwas aufzuholen. Fus lag noch immer im Koma, die Schwellungen waren kaum zurückgegangen. Es war zu früh. Im Krankenhaus muss man Geduld haben.

Der Rest des Tages verlief nicht anders. Man konnte mir nichts Genaues sagen. Aber da war etwas, das ihnen nicht gefiel, das wusste ich, man musste es mir nicht sagen. Gillou kam mit Jacky, und unterwegs hatten sie noch Jérémy aufgesammelt. Jacky löcherte mich, was passiert sei, wie Fus sich hatte so zurichten lassen können, ich konnte ihm keine Antwort geben. Gillou musste ihm bereits etwas angedeutet haben, denn er hakte nicht weiter nach. Danach hat keiner mehr einen Versuch unternommen, ein Gespräch in Gang zu bringen. Nur Jacky brummte ab und zu, wenn sein Blick sich mit einem von uns traf: »Wird schon wieder.« Er wiederholte es wie ein Mantra. Und manchmal fügte er noch leise hinzu, so als redete er mit sich selbst: »Ist ein zäher Kerl, unser Fus.«

Mehr zu sagen war sinnlos. Auf den vier Plätzen im Wartezimmer vor den Flurtüren zur Intensivstation konnten wir nichts weiter tun, als auf die Plakate zur Hepatitis-Vorsorge zu starren, die jeder von uns bestimmt zigmal gelesen hat. Jacky atmete schwer. Mehrere Male bat ich ihn, doch nach Hause zu gehen.

»Sonst geht's dir gut, oder?«, erwiderte er jedes Mal.

Da wir uns kaum aus dem Wartebereich wegrührten, um nicht im Weg herumzustehen, war die Luft abgestanden. Alle, die vorbeikamen, starrten zu uns herein. Wieder ging mir ein Haufen nebensächlicher Gedanken durch den Kopf. Ich dachte an den Zug, den Gillou und Jérémy nehmen mussten, ich hatte schon die Fahrzeit zum Bahnhof ausgerechnet, nicht, dass sie ihn verpassten. Es war noch viel Zeit bis dahin, aber es ging mir nicht aus dem Sinn. Hatten sie ihre Sachen schon dabei, oder mussten wir noch mal nach Hause zurück? Ich traute mich nicht, sie zu fragen, sonst hielten sie mich vielleicht für einen vollkommenen Deppen. Als hätte ich keine anderen Sorgen. Als könnte ich an nichts Besseres denken, und das mit meinem Sohn im Koma.

Wir saßen immer noch in dem kleinen Zimmer, als die Polizei eintraf. Sie fragten uns, ob wir mit Frédéric Schmaltz… verwandt seien, wobei sie den Rest unseres Familiennamens verschluckten, obwohl es ein sehr lothringischer Name war.

»Ja, ich bin sein Vater«, antwortete ich.

»Gut, dann müssen wir Ihnen ein paar Fragen stellen.«

Keine Ahnung, wer sie benachrichtigt hatte, wahrscheinlich das Krankenhaus. Sie wollten wissen, wer Fus so zugerichtet hatte, doch die Tatsache, dass ich ihn gefunden hatte, überzeugte sie nicht von meiner Unschuld. Sie fragten, was ich vor meiner Fahrt nach Metz getan hätte. Und es gefiel ihnen auch nicht, dass ich Fus selbst ins Krankenhaus gebracht hatte.

»Ich konnte ihn doch nicht einfach verbluten lassen, ohne etwas zu tun!«

»Natürlich nicht, Monsieur. Aber dafür gibt es den Rettungsdienst, dafür ruft man die 15 an.«

Die verfluchte 15. Ich hatte keine gute Erinnerung an die 15. Für die Mutti hatten wir einmal eine Ewigkeit auf die 15 gewartet. Aber wie sollte ich ihnen das verständlich machen?

»Wer war es?«, fragten sie schließlich.

Auch darauf konnte ich ihnen keine Antwort geben. Ich hatte noch keine Sekunde darüber nachgedacht, seit ich Fus so vorgefunden hatte.

15

Sieben Tage nach seiner Einlieferung ins Krankenhaus wurde Fus entlassen. Niemand wollte sich zu seinem Auge äußern. Er hatte drei Viertel seiner Sehkraft verloren, was aber nicht hieß, dass es nicht besser werden konnte; es konnte aber auch so bleiben, wie es war. Das Auge bewegte sich kaum noch. Es sah nicht aus wie ein Auge, eher wie etwas Lebloses. Wie ein Vogel, dessen Flügel von Schweröl verklebt waren. Auch sein linker Arm war übel zugerichtet. Dass er ihn kaum noch heben und beugen konnte, war möglicherweise ebenfalls nur vorübergehend, aber die Ärzte wollten ihm nicht zu viel versprechen.

Fus war von der Polizei vernommen worden, und zuerst hatte er behauptet, niemanden erkannt zu haben. Da das aber schlicht unmöglich war, blieben sie beharrlich, und so rückte er schließlich mit der Sprache raus.

»Ich war mit meiner Freundin unterwegs. Es waren Antifas. Wir hatten schon ein paarmal Ärger mit ihnen. Sie können uns nicht ausstehen. Woher sie sind, weiß ich nicht genau, aber ich glaube, sie kommen aus Villerupt. Es war ein ganzer Haufen, der über uns herfiel.«

Wenn wir an dieselben dachten, dann waren es Typen gewesen, die ich flüchtig kannte, Typen, die zu linksextremistisch waren, um mit uns unterwegs zu sein, die früher aber an einigen unserer Arbeiterkämpfe teilgenommen hatten. In den letzten zehn Jahren waren sie immer mehr abgedriftet, waren mit keiner Gruppierung mehr einverstanden, weder mit den Ökos noch mit den Sozis, nicht einmal mit dem PCF. Sie waren aber auch keine reinen Anarchisten oder Trotzkisten, sondern kämpften für verschiedene lokale Anliegen, oft im Bündnis mit deutschen oder luxemburgischen Autonomen. Eine seltsame Mischung. Ohne Programm. Sie trafen sich von Zeit zu Zeit bei einem Konzert oder am Rand einer Demonstration, um dort für Randale zu sorgen. Fus konnte nur sie meinen. Es waren jedenfalls weder Jungs von unserer Partei noch Jungs von der Gewerkschaft.

Die Polizisten drängten Fus mehrmals, Strafanzeige zu erstatten. Da er nicht wollte, baten sie mich, ihn davon zu überzeugen. Dafür hätten die Dinge zwischen uns allerdings wieder in Ordnung sein müssen. Waren sie aber nicht.

16

Es gab viel zu tun und zu organisieren. Seit Fus nach Hause gekommen war, hatte ich keine Minute Zeit zum Nachdenken gehabt. Ich war schon zufrieden, wenn ich es schaffte, die dringlichsten Dinge zu erledigen, dafür zu sorgen, dass er alle erforderlichen Medikamente erhielt, dass die Krankenschwester jeden Tag kam und sich um sein Auge kümmerte – es war keine x-beliebige Pflegekraft, ich hatte ewig gebraucht, bis ich eine gute aufgetrieben hatte. Laut den Ärzten hatte auch sein Schädel einiges abbekommen, und schlimme Nachwirkungen waren nicht ausgeschlossen, weshalb ich auf sämtliche Reaktionen von ihm achten sollte. Wie er sprach, wie er ging. Wie er aß. Und er aß komisch, er sabberte ein wenig, das Schlucken machte ihm Schwierigkeiten. Es war auch schwer zu sagen, ob es an seinem Arm lag, dass er sich kaum gerade halten konnte, oder ob dahinter ein noch ernsthafteres Problem steckte.

Als Gillou zu Hause bleiben wollte, wurde ich wütend. Er sollte nicht zurückstecken, nur weil sein Bruder Scheiße gebaut hatte. Ich denke, er hat mich nicht verstanden, vielleicht habe ich ihm sogar Angst eingejagt, als ich sagte:

»Mein Gott, Gillou, halt dich da raus, du hast dein eigenes Leben. Verpfusche es nicht mit diesen Geschichten.«

»Er ist immerhin mein Bruder«, wandte er ein, aber das reichte mir nicht als Argument.

Seit Fus aus dem Krankhaus raus war, fokussierte ich mich auf das lebenswichtige Minimum, auf das, wofür man sich keine Fragen zu stellen brauchte. Die schlichte Krankenpflege.

Ich ging in der neuen Rolle geradezu auf. So musste ich mich nämlich nicht alle fünf Minuten fragen, ob es mich nicht schmerzte, meinen Sohn derart übel zugerichtet zu sehen. Ob es angesichts des Ausmaßes der Tragödie nicht an der Zeit wäre, mit unserem Kleinkrieg aufzuhören. Doch ich war noch nicht so weit. Mich um ihn zu kümmern wie um ein waidwundes Reh half mir, die Fassung zu bewahren, nicht in Wut zu geraten, weil man meinen Sohn krankenhausreif geschlagen hatte, nicht das Verlangen zu spüren, die Täter zu finden und ihnen den Hals umzudrehen. Was Letzteres anging, verließ ich mich ganz auf die Polizei.

Die ganze Nachbarschaft kam vorbei, sogar diejenigen, die wir normalerweise nie sahen und die nicht gekommen wären, wenn sie nicht die Menschenmenge vor unserem Haus gesehen hätten. Die Prozession hatte etwas vom früheren Dorfleben, so musste es gewesen sein, wenn einst einer den Löffel abgegeben oder einem Arbeiter der Arm von einer Maschine abgerissen worden war. Alle,

Jacky voran, drängten mich, die Schweinehunde zu finden. Mein geringes Interesse daran hatte nichts mit meinen Überzeugungen zu tun, es war mir egal, dass diese Typen Ärger mit dem Gesetz bekamen, ich hatte keine besondere Sympathie für sie. Aber ich konnte einfach nicht glauben, dass Fus vollkommen unschuldig war. Mich einzig um seine Gesundheit zu kümmern und alles andere zu verdrängen schien mir folglich ein anständiger Kompromiss. Ich fand mit Fus zurück zu den Worten seiner Kindheit: »Geht's dir gut?«, »Tut es weh, wenn ich hier drücke?«, und er antwortete mir wortkarg wie ein krankes, erschöpftes Kind.

Einmal kam sein Kumpel Hugo zu Besuch. Der einzige von Fus' Bande, der den Weg auf sich nahm.

»Ich war nicht dabei, ich habe keinen blassen Schimmer, was passiert ist«, beeilte er sich zu sagen, als hätte ich ihn danach gefragt.

Fus war Hugo gegenüber nicht mitteilsamer als bei anderen Besuchern, er blieb stumm, wie benebelt, schenkte dem Wetter mehr Aufmerksamkeit als den Menschen, er grummelte, wenn es regnete, stöhnte, wenn es sich am Ende des Tages zu verschlechtern drohte. Nur Gillou gelang es, ihn etwas aus seiner Lethargie zu reißen, wenn er samstags nach Hause kam, aber das war wenig angesichts der Anstrengungen, die wir alle miteinander unternahmen. Gillou klammerte sich trotzdem daran. Und ich mich auch.

17

Der Gerichtssaal war voll. Die Presse hatte ihren Teil dazu beigetragen. Dem Anwalt war es nicht gelungen, den Prozess an ein anderes Gericht verlegen zu lassen, er fand also in Metz statt.

Ich kannte das Gerichtsgebäude von außen, es lag auf dem Weg, wenn wir samstags vom Stadion zur Place Saint-Jacques fuhren, um dort einen Happen zu essen. Ein imposantes Gebäude aus Jaumont-Stein, das zu jeder Jahreszeit hellgelb strahlte. Im Sommer und im Herbst am hellsten, nun, im Winter, in einem tieferen, fast bräunlichen Gelb. Der autofreie Platz davor lag unter Schnee, in der Ferne sah man den Mont Saint-Quentin. Es war kühl, ein schöner Tag. Ich hatte in einem kleinen Hotel in der Nähe geschlafen, das nicht sonderlich teuer war, aber in Metz war sowieso nichts weit weg oder sehr teuer. Als ich an der Rezeption sagte, dass ich das Zimmer für mindestens eine Woche bräuchte, fragten sie mich, ob ich wegen »des Prozesses« gekommen sei. Ja, ich war wegen des Prozesses da. Dem meines Sohnes.

Ich war früh da. Der Anwalt hatte mir versprochen, er würde mir beistehen, aber er war nirgends zu sehen. Er hatte sicher Besseres zu tun. Ich fand den Gerichtssaal ohne Probleme. Man hatte mir erklärt, dass die erste Sitzung nur der Auswahl der sechs Geschworenen diente. Jedes Mal, wenn der vorsitzende Richter eine Karte aus der Wahlurne zog und einen Namen verlas, fragte ich mich: Steht der wohl auf der Seite von Fus oder nicht? Die Anwälte auf beiden Seiten waren in ihrer Einschätzung deutlich schneller als ich: Manch Geschworener war kaum verkündet, sein Hintergrund kaum bekannt gegeben, da lehnten sie ihn auch schon ab.

Fus beobachtete dieses Pingpong regungslos. Er hatte die blaue Jacke an, die ihm so gut stand, dazu ein sauberes weißes Hemd, zumindest sah es vom Zuschauerraum her so aus. Sein Haar war kurz, aber nicht zu kurz geschnitten. Vermutlich hatte der Anwalt ihm den Rat gegeben, nicht wie ein Nazi auszusehen. Jetzt wirkte er wie ein Student auf der Suche nach seinem ersten Praktikum, so wie ich viele bei der SNCF erlebt hatte. Die beiden Polizisten neben ihm machten keinen grimmigen Eindruck, sie waren wahrscheinlich daran gewöhnt und wussten, dass es nichts brachte, noch eins draufzusetzen.

So, wie Fus dort auf der Anklagebank saß, allein, abgemagert und mitgenommen, ein Schatten seiner selbst in dem riesigen hellgelben Saal, konnte er wirklich Mitleid erregen. Er würde sich im Lauf der Verhandlungstage kaum rühren. Ich hatte ihn seit mehreren Wochen nicht mehr gesehen, hatte es einfach nicht fertiggebracht. Der erste Besuch in der Untersuchungshaft hatte mir gereicht. Im Besucherraum war ich stumm geblieben. Er auch. Ich hätte ihm von der ungeheuren Scham erzählen können, die wir verspürten, und dass ich ihn am liebsten vergessen und so tun würde, als hätte es ihn nie gegeben. Nächtelang hatte ich versucht, ihn aus meinem Gedächtnis zu streichen, aber er tanzte weiter vor meinen Augen, glücklich, mit bloßem Oberkörper, seinen Bruder umarmend, wie sie aus unserem kleinen aufblasbaren Planschbecken stiegen, ein hässliches Ding von zwei Metern Durchmesser, in dem sie viele Sommer gespielt hatten. Ich sah ihn, wie er sich bei Tisch aufspielte und den Kronkorken der Wasserflasche in Richtung seines Bruders schnipste. Es endete immer mit Geschrei und Aufregung, weil dabei jede Menge Wasser verschüttet wurde und der Kronkorken immer dort landete, wo er nicht landen sollte. Ich sah ihn, wie er mich ins Krankenhaus zur Mutti begleitete, wie er sich beim Fußball anstrengte und sich am Ende eines verlorenen Spiels in meinen Armen trösten ließ, ein braver Junge. Ich habe versucht, all diese Bilder auszumerzen, den verlorenen Sohn aus meinem Kopf zu verscheuchen und meine Erinnerungen neu zu formatieren, selbst um den Preis, schöne Momente opfern zu müssen und einige der weniger schönen zu verlieren. Aber Fus war überall. Was blieb mir ohne ihn? Erinnerungen an meine Jugend und die Jahre mit der Mutti, bevor er geboren wurde? Die waren schon so verschwommen, dass mir davon längst nicht mehr warm ums Herz wurde. Meine Erinnerungen ganz allein mit Gillou? Davon gab es nicht so viele, sosehr ich auch in meinem Gedächtnis grub. Fus füllte mein Leben aus. Und das musste ein Ende haben. Die Geräusche, der Geruch des Gefängnisses begleiteten mich in jeder Stunde, jeder Minute.

Selbst hier, im Gerichtssaal, sah ich ihn in seiner Zelle, und ich stellte mir vor, wie er sich morgens so gut wie möglich fertig machte. Sich für die Verhandlung vorzeigbar machte. Bestimmt roch er aber, die letzte Dusche lag sicher schon ein, vielleicht auch zwei Tage zurück. Er widerte mich an, weil er ein Strafgefangener, ein Häftling, ein Knacki war. All diese Wörter waren der Horror für mich, rochen ranzig. Wäre er getürmt, hätte ich es vielleicht noch aushalten können. Wäre er auf der Flucht gewesen, hätte ich mich vielleicht irgendwie mit seiner Tat abgefunden. Es hätte das, was wir zusammen erlebt hatten, nicht ausgelöscht. Aber das Gefängnis, das war nicht auszuhalten, ihn eingelocht zu wissen würde uns überall, zu jeder Stunde unseres Lebens verfolgen.

In den ersten Tagen wurde der Prozess ständig unterbrochen, als müsste der Motor erst warmlaufen. Ich nutzte die Pausen, um zur Mosel hinunterzugehen, mir die evangelische Stadtkirche anzusehen und den Innenhof des Lycée Fabert, wo Gillou sich damals beworben hatte. Es gab wenige Dinge, die mich noch aufrecht hielten; mehrmals am Tag einen Spaziergang zum Lycée zu machen gehörte dazu. All die Schüler zu sehen, die dort ebenfalls frische Luft schnappten. Einige von ihnen schienen schlecht drauf zu sein, vielleicht waren die Klassenarbeiten nicht so gelaufen, wie sie erhofft hatten. Ich hätte gern mit ihnen geredet, ihnen gern gesagt, dass das nicht schlimm sei, überhaupt nicht schlimm. Dass am Ende selbst für diejenigen, die nicht versetzt würden oder ihr Abitur vermasselten, alles okay sei. Es war kein Weltuntergang. Sie würden deswegen nicht im Gefängnis schlafen müssen. Ist man sein Leben lang dafür verantwortlich, was einem geschieht? Ich stellte mir diese Frage nicht seinetwegen, sondern meinetwegen. Ich dachte, dass ich das alles nicht verdient hatte, aber vielleicht machte ich mir auch was vor, vielleicht verdiente ich sehr wohl alles, was mir gerade widerfuhr, und ich hatte in der Vergangenheit nicht das Richtige getan.

Ich stand immer früh auf. Und jeden Tag war es dasselbe: Mir blieb gerade mal eine Gnadenfrist von einer Minute, einer einzigen Minute, um aus meinen Träumen und Alpträumen aufzutauchen und mich zu berappeln. Kaum hatte ich kapiert, dass ich mich in einem Hotel befand, holte mich der Prozess auch schon wieder ein. Es überraschte mich, dass meine Nächte sich ihm widersetzten, der Tag keinen Widerhall in ihnen fand. Im Schlaf erlebte ich noch immer angenehme, oft komische Dinge, die sich nicht von dem unterschieden, was ich früher geträumt hatte. Sogar die Alpträume waren erträglich, sie handelten von verpassten Zügen, endlosem Laufen, unbegründeten Ängsten. Ich marschierte über einen Bergkamm, drohte jeden Moment abzustürzen, der Wind strich über mich hinweg, und ich ließ schließlich los. Also nichts besonders Schlimmes. Irgendwie war es beruhigend zu wissen, dass es einen Bereich gab, der seine eigene Logik hatte, ein kleines Königreich, das frei von den Misslichkeiten des Lebens war. Wer weiß, vielleicht sagte das ja schon etwas über das Danach aus, und wenn dem so war, dann war es gar nicht so übel.

Sobald ich munter war, sah ich mich einige Minuten im Zimmer um, in dem alles auf den Prozess ausgerichtet war: Da hing der dunkle Anzug, den ich nachts auslüftete, so gut es ging, damit ich ihn zehn Tage lang anziehen konnte; es gab keinerlei Bücher, ich war sowieso außerstande, etwas zu lesen; und es gab auch keine Musik. Was hätte ich dieser Tage auch hören sollen? Außer meiner Kleidung fürs Gericht gab es nur noch ein Glas mit Instantkaffee, ein paar Medikamente. Und einen Fernseher, um mich abends abzulenken. An der Rezeption hatte man mir einen Wasserkocher geliehen; meine Mahlzeiten beschränkten sich auf Minutensuppen oder China-Nudeln. Manchmal brachten sie mir einen Salat oder Kuchenreste hoch, die am Buffet übrig geblieben waren und verdorben wären, wenn ich sie nicht gegessen hätte. Auf Anraten unseres Anwalts hatte ich das Zimmer unter einem anderen

Namen gebucht. Hielten sie mich für einen Angehörigen des Opfers? Vielleicht war es ihnen aber auch egal. Der Prozess sorgte zwar in der Presse für viel Aufsehen, aber für die normalen Leute war er letztlich nur eine Nachricht aus der Rubrik Vermischtes, die sie in wenigen Tagen vergessen würden. Wenn sie es nicht bereits getan hatten. Es gab nicht viele, die bis zu ihrem Tod davon betroffen sein würden. Allen voran die Familie des Typen, den Fus getötet hatte, und dann noch wir drei.

18

Die Anklageschrift war eindeutig: Es handelte sich um Mord. Der Untersuchungsrichter hatte Vorsatz festgestellt, und trotz aller Bemühungen von Fus' Anwalt, dies während der Voruntersuchung zu revidieren, hatte der Prozess mit diesem Hauptanklagepunkt begonnen.

Für Totschlag betrug die Haftstrafe zehn, maximal zwanzig Jahre. Dafür hätten die beiden sich jedoch zufällig begegnen und sich gegenseitig so lange in die Fresse hauen müssen, bis einer den Schlägen erlegen wäre. Wenn man den anderen aber mehrere Tage beobachtete, wenn man abwartete, bis er allein war, und ihm dann mit einer verdammten Eisenstange auflauerte, wenn man mehrmals von hinten auf ihn einschlug und ihm dabei den halben Schädel zertrümmerte, dann war das Mord. Dann ging es um lebenslänglich.

Womöglich halten Sie mich jetzt für gefühllos und zynisch. Weit gefehlt. Als die Anklageschrift verlesen wurde, hallte jeder einzelne Satz in mir nach. Ich spürte jeden einzelnen Satz bis tief ins Mark. Hätte man sie mir mit dem Brenneisen eingebrannt, sie wären mir nicht bewusster geworden. Bis heute erinnere ich mich an jedes

Wort, jede Betonung. Und an das Schweigen danach. Dieses ungeheure Schweigen, das folgte, als wären alle vollkommen überrascht. Als hätte bis zu dem Augenblick keiner die geringste Ahnung gehabt, weswegen Fus angeklagt war.

In den ersten Tagen des Prozesses verlor ich schnell den Überblick. Ich begriff nicht, was genau man zu ergründen suchte. Diese Detailversessenheit, diese Suche nach dem Haar in der Suppe erschienen mir sinnlos und künstlich, so als müsste nur jeder seine Rolle und sein Gehalt rechtfertigen.

Die Mediziner waren am schlimmsten. Ihre Vorsicht war unerträglich. Sie könnten nicht mit letzter Sicherheit bescheinigen, dass der Tod von den Schlägen herrühre. Mein Gott, was hätte es denn noch gebraucht? Als die Bilder vom Schädel des Typen an die Wand projiziert wurden, sah man doch sofort, dass das nicht normal war. Dass ein Mensch es nicht überlebte, wenn sein halber Kopf wie eine geschälte Pampelmuse aussah! Schlimm waren auch die von Fus' Anwalt vorgeladenen Zeugen. Sie verloren kein Wort darüber, was Fus zuvor durchgemacht hatte, stellten keinen Zusammenhang her zwischen den Hieben, die er im November eingesteckt hatte, und den Schlägen, die er einige Wochen später austeilte. Sosehr sich der Anwalt auch bemühte, ihre Aussagen blieben vage. Was auch immer er mit seiner Befragung bezwecken wollte, mich überzeugte es nicht.

»Es geht nicht um seine Entlastung, sondern darum, den Spielraum für mildernde Umstände auszuschöpfen«, hatte mir der Anwalt im Vorfeld erklärt. Das könne das Strafmaß erheblich mindern.

Mir war es allerdings egal, mit welcher Strafe man Fus belegen würde, ich wollte über die Anzahl der Jahre im Knast nicht diskutieren. Er würde seinen Packen bekommen. Einen verdammt schweren Packen: Ich würde längst das Zeitliche gesegnet haben, wenn er eines Tages herauskommen würde. Er verdiente nichts Besseres.

Am Abend des zweiten Verhandlungstages wollte der Anwalt mich treffen, um meine Aussage am nächsten Tag vorzubereiten. Er konnte mich von Anfang an nicht leiden, das war mir wohl bewusst. In seinen Augen reagierte ich völlig falsch. Schon in der Voruntersuchung war ich ihm in seinem Kampf nicht gefolgt, jeglichen Vorsatz auszuschließen, hatte nicht vehement genug auf die Folgen des Überfalls auf Fus hingewiesen, nicht dargelegt, wie sinnlos Fus sein Leben danach vorgekommen war, wie sehr dieser enorme Schock ihn aus der Bahn geworfen und Rachegelüste in ihm geweckt hatte.

»Ein Vater tut so etwas für seinen Sohn«, hatte der Anwalt erklärt. Vielleicht. Ich für meinen Teil war bereit auszusagen, dass Fus bis in seine späten Tecnagerjahre der wunderbarste Junge war, den man sich nur denken konnte, ein Juwel, wie man ihn allen Eltern wünschte. Ich war bereit auszusagen, dass er mich immer ins Krankenhaus begleitet hatte, ohne sich jemals zu beschweren, bereit, davon zu erzählen, weil es die Wahrheit war, die reine Wahrheit. Als der Anwalt dann aber wollte, dass ich die Mutti in diese Geschichte hineinzog, dass ich erklären sollte, wie sehr ihr Tod Fus aus dem Gleichgewicht gebracht habe, da war Schluss bei mir. Das war zu viel verlangt. Zumal ich keine Ahnung hatte, ob die arme Mutti damit einverstanden gewesen wäre, als Entschuldigung für ihren mordenden Sohn herzuhalten.

Von Beginn des dritten Verhandlungstages an fürchtete ich mich vor dem Augenblick, da man mich in den Zeugenstand rufen würde. Je mehr ich darüber nachdachte, desto mehr schwitzte ich aus allen Poren. In Panik suchte ich nach einem Taschentuch oder Ähnlichem, aber ich hatte nichts dabei. Mein hellblaues Hemd war in wenigen Sekunden durchnässt. Was ich auch tat, wie sehr ich an meinem Jackett herumzupfte, um die Schweißflecken zu verbergen, wie sehr ich versuchte, mich unsichtbar zu machen, es war ein hoffnungsloses Unterfangen. Glücklicherweise blieb noch ein wenig Zeit, bevor ich mich erheben musste, und so bemühte ich mich, meine Atmung zu kontrollieren, jede Gefühlsregung in mir zu unterbinden und mich ganz auf den beisitzenden Richter zu konzentrieren.

Bei meiner Vernehmung konnte ich weder den vorsitzenden Richter noch Fus anschauen. Ich orientierte mich allein am Beisitzer. Ich beobachtete ihn genau, sah, wie er bei dieser oder jener Aussage zusammenzuckte oder sich in seinem Sessel entspannt zurücklehnte. Er entsprach ganz meiner Vorstellung von einem Richter: Der stets tadellos rasierte Mann – er muss sich in jeder Sitzungspause oder zumindest mittags rasiert haben – verkörperte für mich die Justiz, hart, aber unparteiisch. Durch seine Halbbrandbrille, die er ständig zurechtrückte, blickte er in den Saal, behielt im Auge, was geschah. Fus musterte er ganz genau, so wie ich es sicherlich auch getan hätte, wäre er nicht mein Sohn gewesen. Manchmal schweifte sein Blick auch hinüber zu den Geschworenen, weckte den einen oder anderen mit einem strengen Blick oder nickte ihnen beruhigend zu, wenn sich die Gemüter auf den Zuschauerbänken zu erhitzen begannen. Dieser Mann hätte überall arbeiten können, solange die Leute zu ihm aufschauten und taten, was er sagte. Ob als U-Boot-Führer der französischen Marine oder um Tausende Stahlarbeiter zu kommandieren, er hatte den Blick dafür. Schon lange hat mich niemand mehr so beeindruckt wie er. Von ihm konnten all die hohen Tiere – die Oberärzte im Krankenhaus oder mein Chef im Bahndepot mit seinen Einmeterfünfundneunzig und seinem riesigen, ihm treu ergebenen Köter, die nur zu gut wussten, wie sie einen mundtot machten –, all diese Leute konnten von ihm noch eine Menge lernen. Ob seine Eltern noch lebten und manchmal kamen, um ihn im Gerichtssaal zu beobachten? Ich wünschte es ihnen, denn sie konnten stolz auf ihren Sohn sein.

Die Beisitzerin neben ihm war eine schöne Rothaarige in den Vierzigern. Ich sah schon so lange keine Frauen mehr an, dass ich ihre Mimik nicht genau deuten konnte, doch meiner Meinung nach hatte sie andere Dinge im Kopf und wartete gelangweilt darauf, dass der Prozess bald zu Ende war; dumm nur, dass nach Fus eine Vergewaltigungsgeschichte verhandelt wurde, sie würde also noch gut drei Sitzungswochen vor sich haben. Wenn sie zwischendrin doch der Verhandlung folgte, war es allerdings offensichtlich, dass sie Fus nicht mochte. Er war ihr zuwider, das sah man ihr an. Wenn sie das unerhörte Gähnen unterdrückt hatte, das sie häufig überkam, machte sie im Unterschied zu ihren Richterkollegen oft Notizen, den Kopf tief über ihre Papiere gebeugt, mit einer gewissen Unruhe, als hätte sie Angst, etwas zu verpassen. Aber vielleicht war das ja auch nur ihre Art, ihrem unwiderstehlichen Schlafbedürfnis zu entkommen.

Auf dem Weg in den Zeugenstand würde ich Jacky sehen, der drei Reihen hinter mir kerzengerade in der Zuschauerbank saß. Er trug eine Krawatte und hatte sich offenbar freigenommen. Ich weiß nicht, warum er die tägliche Fahrt nach Metz auf sich nahm. Wir trafen uns weder in den Sitzungspausen noch am Abend. Wenn ich aus dem Gerichtsgebäude kam, war er schon weg. Es nervte mich, ihn an diesem Tag im Rücken zu haben, ich wusste nicht, zu wem er hielt. War er gekommen, um sicherzugehen, dass ich nicht zu viel Mist über seinen Fus verzapfte?

Als man mich aufforderte, in den Zeugenstand zu treten, zögerte ich. Wie sollte ich vortreten? Wie hatte ich mich als Vater eines Mörders zu verhalten? Was erwartete man »anständigerweise« von so einem Vater? Ich war kurz davor, mich noch kleiner zu machen, als ich ohnehin schon war. Allen Anwesenden so zu zeigen, dass ich nichts damit zu tun hatte, dass mein Sohn groß und volljährig war und vollkommen eigenständig gehandelt hatte. Ihnen laut und deutlich verstehen zu geben, dass das hinter meinem Rücken geschehen war und ich ihn nicht dazu angestiftet hatte, sich zu rächen, dass mir dieser Gedanke nicht ein einziges Mal in den Sinn gekommen war.

Meine Zeugenaussage sei ein Höhepunkt des Prozesses, hieß es im ›Républicain Lorrain‹. Es würde sich einiges herauskristallisieren, der Anwalt von Fus baute sehr darauf. Aber da es mir schwerfiel, die richtigen Antworten zu geben, löcherte er mich mit weiteren Fragen. Warum der Junge so oft allein gewesen sei, warum ich ihn so oft seinem Schicksal überlassen hätte. Er schien so viel über unser Leben zu wissen, erinnerte mich an Begebenheiten, die ich vergessen hatte, und rückte sie in ein gewisses schmutziges Licht, das mich aussehen ließ wie einen Vater, der seine Kinder vernachlässigte oder missbrauchte. Je mehr er mich in die Zange nahm, umso mehr begann ich zu zweifeln, mir selbst einzureden, dass an alldem sicher etwas dran war. Besonders hartnäckig war er in Bezug auf mein politisches Engagement. Er sprach es nicht offen aus, aber aus seinen Andeutungen ging hervor, dass wahrscheinlich ich es gewesen sei, der Fus in die Arme des Front National getrieben hatte. Dass ich, wenngleich nicht verantwortlich, so doch zumindest der Auslöser für die fatalen Ereignisse gewesen sei.

Danach war ich fix und fertig. Ich eilte zum Ausgang, damit ich niemandem begegnete. Doch bevor ich hinunter zur Mosel, meinem Zufluchtsort, flüchten konnte, hielt mich eine junge Frau auf.

»Was er da gemacht hat, ist ganz normal«, sagte sie zu mir. »Es geht darum, Ihren Sohn in einigen Punkten zu entlasten. Das hätte jeder gute Anwalt so getan.«

Sie hatte ein großes Heft voller Notizen unter dem Arm; wahrscheinlich eine Jurastudentin, die beim Prozess praktische Erfahrung gesammelt hatte. Ich wusste nicht, was ich erwidern sollte. Mit seinen Unterstellungen hatte mir der Anwalt schlichtweg den Rest gegeben.

»Sehen Sie, Sie riskieren damit überhaupt nichts«, fuhr sie fort, »nur weil Sie Ihren Sohn manchmal allein gelassen haben, kommen Sie ja nicht ins Gefängnis. Ihrem Frédéric kann es dagegen ein paar Jahre weniger einbringen. Und das war es doch wert, oder nicht?«

»So ist es aber nicht gewesen!«, protestierte ich, »ich

bin *immer* für meine Kinder da gewesen, sooft ich nur konnte, und ...«

»Ist völlig egal, was Sie getan haben oder nicht«, fiel sie mir ins Wort, »wichtig ist allein die Geschichte, die die Geschworenen im Kopf haben werden, wenn sie ihr Urteil fällen. Wichtig ist allein ihre erste Einschätzung, die unweigerlich zu dreißig Jahren Haft führt, hinreichend zu erschüttern. Als Verteidiger des Angeklagten muss man es schaffen, ihre Voreingenommenheit zu durchbrechen, Zweifel in ihren Überlegungen aufkommen zu lassen. Viele Zweifel. Je mehr sie zweifeln, umso mehr kommen sie ins Schwitzen, und das ist, glauben Sie mir, Monsieur, zum Vorteil Ihres Sohnes. Auf diese Weise kann das Strafmaß geringer ausfallen. Wenn man zweifelt, muss man schon ein echter Bastard sein, um jemanden zu dreißig Jahren Gefängnis zu verurteilen. Das kommt zwar mal vor, aber doch selten.«

Am nächsten Tag waren Jacky und ein paar von Fus' Fußballkumpels an der Reihe. Ich denke, mit ihnen konnte Fus' Anwalt ganz zufrieden sein. Ihren Aussagen zufolge war Fus ein schweigsamer, liebenswürdiger Junge, der stets hilfsbereit war und seine Gefühle im Griff hatte. Sie schienen alle zutiefst von dem überzeugt zu sein, was sie über ihn erzählten. Die schönste, stärkste Aussage kam von Jacky selbst:

»Ich weiß, es mag unglaubwürdig klingen angesichts

dessen, weshalb wir hier sind, aber Fus« – es fiel ihm wahnsinnig schwer, ihn Frédéric zu nennen; er wurde mehrmals vom vorsitzenden Richter dazu ermahnt – »Frédéric ist für mich wie der Sohn, den ich mir immer gewünscht habe. Meine Frau, die hinten im Zuschauerraum sitzt, würde Ihnen genau dasselbe sagen. Ich weiß nicht, wie Sie urteilen werden, das ist nicht meine Sache, aber eines ist klar: Unser Fus ist ein durch und durch guter Junge, der nicht viel Glück im Leben gehabt hat.«

Ein Raunen ging durch den Saal. Und dann drehte sich Jacky zu mir um und sah mich an, als wollte er sagen: »Schau her, du Drecks001, *so* verteidigt man seinen Sohn.«

Natürlich wurde seine Aussage vom Anwalt der Nebenkläger in Zweifel gezogen mit der Begründung, dass Fus zu einer Bande von Rechtsextremen gehöre und ein Mord nicht einfach so passiere, dass es immerhin mehrere Schläge mit der Stange gewesen seien, all das, was wir eh schon wussten.

Jacky blieb bei dem, was er gesagt hatte.

»All das mag richtig sein, ich will nichts davon in Zweifel ziehen, ich sage einfach nur, dass unser Fus, also unser Frédéric, ein guter Junge ist, der das hier nicht verdient.«

Tags darauf habe ich dann erfahren, dass Fus eine Freundin hat. Krystyna. Ein seltsames Mädchen. Für ihre Aussage war sie ganz in Schwarz erschienen. Sie trug eine Kreppbluse von anno dazumal, an den Manschetten und am Kragen blitzten Tätowierungen hervor. Viele Tätowierungen. Mit ihrer Brille und dem Pferdeschwanz sah sie dennoch aus wie eine brave Schülerin.

Es fühlte sich komisch an, dieses Mädchen so kennenzulernen. Ich konnte nicht anders, als sie wie ein Vater zu beäugen, der seine künftige Schwiegertochter zum ersten Mal sieht. Ich musterte sie sorgfältig und fragte mich, ob sie mir gefiel, ob ich sie mir mit meinem Fus vorstellen konnte. Als hätte das zu diesem Zeitpunkt noch irgendeinen Sinn gehabt. Als hätten die beiden noch die geringste Chance, eines Tages zusammenzuleben. Sie stammte aus einer polnischen Familie, die sich zwischen den beiden Kriegen im Département Moselle niedergelassen hatte, und war seit ihrem vierzehnten Lebensjahr beim Front National aktiv, »wie Papa«. Schon faszinierend, wie schnell Menschen sich als Teil der Geschichte fühlten, französischer wurden als die Franzosen, Menschen, die immer noch voll der Frömmelei und der Traditionen ihrer alten Heimat waren, und wie sie mit derselben Inbrunst und Hartnäckigkeit all denen, die nach ihnen kamen, ein solches Recht verweigerten.

Krystyna schilderte ausführlich, wie sie mit Fus zusammengekommen war, und erklärte, worin er sich von den anderen in der Bande unterschied: Mein Sohn sei besonnener, einfach netter. Und zudem sehr »höflich« gegenüber den Mädchen. Das machte den vorsitzenden Richter neugierig.

»Ja, er ist höflicher, Herr Vorsitzender«, wiederholte sie, »kein Wort beschreibt Frédéric besser. Er ist viel aufmerksamer als die anderen. Und bei Weitem kein so großer Macho.«

Deswegen würde Fus von ihren Freunden auch oft gehänselt werden. Und manche hielten ihn sogar für ein Weichei. An dem Tag, an dem er angegriffen worden war, sei sie mit ihm unterwegs gewesen, nur zu zweit, und ja, es sei nicht zu übersehen gewesen, dass sie Flyer für Marine dabeigehabt hatten. Sie seien zu viert oder zu fünft auf sie zugekommen, genau konnte sie sich nicht mehr erinnern, und hätten ihr die Flugblätter aus der Hand gerissen. Fus wollte sie beschützen und sei daraufhin verprügelt worden. Das sei alles sehr schnell gegangen. Sie habe noch um Hilfe geschrien, aber da seien sie auch schon weg gewesen. In den Wochen danach habe sie kaum mit Fus gesprochen.

»Er hat vollkommen dichtgemacht«, erklärte sie und drehte sich zu Fus um, hielt einige Augenblicke inne, schaute ihn an, lächelte ihm zu – und Fus senkte den Kopf.

Sie habe sich bei ihren gemeinsamen Freunden dafür eingesetzt, dass sie etwas unternehmen, fuhr sie in Richtung der Geschworenen fort, dass sie es ihnen heimzahlen und die Typen ihrerseits verprügeln müssten. Sie habe nämlich zumindest einen von ihnen erkannt und auch gewusst, wo er zu finden sei. Den mit dem pockennarbigen Gesicht. Derselbe, der ein paar Wochen später durch die Schläge von Fus sterben sollte. Doch ihre Clique habe sich dezent davor gedrückt. Sie würden die Sache Marines schweren Jungs von Thionville überlassen, machten sie ihr klar, und bis sie mit ihnen gesprochen hätten, sollten alle die Füße stillhalten. Krystyna hatte sie angeschrien und war danach zu Fus gefahren, heulend hatte sie ihm erklärt, dass die Antifa-Bastarde sorglos schlafen konnten, weil niemand von ihren gemeinsamen Freunden bereit war, ihn zu rächen. »Vergiss es«, habe Fus darauf nur entgegnet. Sie könne schwören, dass dies seine einzigen Worte am ganzen Nachmittag gewesen seien. »Vergiss es.« Und deshalb verstehe sie einfach nicht, wie Fus so etwas habe tun können. Was ihn dazu getrieben habe. Es sei doch die Schuld der anderen gewesen. Die Sache hätte unter Männern geregelt werden können, wie sonst auch immer, mit einer üblen Schlägerei, eine Gruppe gegen die andere, mehr nicht. Ja, sie sei wütend auf ihre Clique, wütend, dass sie Fus alleingelassen hätten mit seiner Rache. Und dass so was dann aus dem Ruder laufe, sei ganz normal.

Für diesen letzten Satz wiesen die Richter Krystyna erneut zurecht, aber der Gedanke war ausgesprochen, jeder im Saal hatte ihn verstanden.

19

Krystynas Aussage verhinderte nicht, dass das Urteil zwei Tage später sehr hart ausfiel. Fünfundzwanzig Jahre. Einige im Saal applaudierten. Nicht viele, aber genug, um mich noch mehr runterzuziehen. Fus zeigte keine Regung, als das Urteil verlesen wurde. Nicht einmal bei der Verkündung der fünfundzwanzig Jahre zuckte er. Krystyna hingegen schrie vor Wut und Schmerz. Und ich? Ich verzog keine Miene und sah Fus auch nicht an.

Der Anwalt kam danach zu mir.

»Wir gehen in Berufung. Man hat Ihrem Sohn keinerlei mildernde Umstände eingeräumt. Fünfundzwanzig Jahre sind viel zu viel.«

Was sollte ich darauf erwidern? Welchen Preis hat man dafür zu zahlen, dass man einen Menschen getötet hat? Am Abend rechnete ich aus, wann mein Sohn wieder freikommen würde: Januar 2045. Das Datum hatte etwas Unwirkliches. Doch genau diese Strafe war verhängt und festgelegt worden. Anscheinend machten fünfundzwanzig Jahre nicht jedem Angst.

Ich hatte es nicht eilig, nach Hause zu fahren. Für die Nacht hatte ich noch einmal das Zimmer in dem kleinen

Hotel gebucht und vor dem Zubettgehen gebeten, mich nicht zu stören, egal aus welchem Grund.

Gegen zwei Uhr sah ich ein, dass es keinen Sinn machte, mich in Metz zu verkriechen. Ich packte meine Sachen. An der Rezeption saß nur der Nachtportier. Er ließ mich ohne ein Wort hinaus; ich schätze, er hatte unauffällig im Gästebuch nachgesehen, ob alles bezahlt war, und so konnte ich tun, was ich wollte.

Irgendwo auf dem Weg zurück war ich kurz davor, in den nächsten Graben zu rasen, aber ich glaubte wohl nicht entschieden genug daran. Ich begnügte mich damit, wie ein Verrückter weiterzufahren, mich dabei mit einer Flasche schlechten Whiskeys zuzudröhnen, die ich in Metz an einer Tankstelle gekauft hatte – »Das dürfen wir um diese Uhrzeit nicht mehr verkaufen«, hatte der Tankwart gesagt, aber nach ein paar Scheinchen klein beigegeben –, und das Schicksal für mich entscheiden zu lassen. Zu Hause warteten Jérémy und Gillou auf mich. Sie waren noch nicht zu Bett gegangen. Jérémy hatte sich den ganzen Tag um Gillou gekümmert, ihn sogar dazu gebracht, mit ihm zusammen zu trinken, »damit er keine Dummheit anstellt«.

20

Mir war schnell klar, dass es nichts bringen würde, mich tagelang zu betrinken. Das hatte ich schon nach dem Tod der Mutti gemacht und war gerade noch davon abgekommen. Ich wollte nicht noch einmal so abstürzen. Allerdings war ich auch nicht arbeitsfähig, was mir der Betriebsarzt der SNCF bescheinigte.

»Ich kann Sie so nicht auf die Masten klettern lassen. Wir müssen noch ein wenig damit warten.«

Ich widersprach ihm nicht. Auch mir kam es höchst riskant vor, mich an den Oberleitungen arbeiten zu lassen, bei allem, was mir gerade durch den Kopf ging: Ich konnte mich auf nichts konzentrieren, schon gar nicht auf irgendwelche Sicherheitsvorschriften. Ich sah zwar für mich keine Zukunft mehr, aber meine Arme wollte ich durch eine falsche Bewegung trotzdem nicht grillen. Der Arzt war erleichtert, dass ich mit der Krankschreibung einverstanden war, es gab Kollegen, die protestierten, wenn sie ihren Status als Kabelmonteur verloren und deshalb keine Bereitschaftsdienst- und Risikozulagen mehr bekamen. Ehrlich gesagt wollte auch ich nicht zur Bodentruppe. Zum Glück sah der Arzt das genauso.

»Wir lassen Sie eine Weile zu Hause, wenn Sie versprechen, Ihre sozialen Kontakte nicht zu vernachlässigen.«

Ich beruhigte ihn und dankte ihm für die paar Wochen Auszeit, die er mir bewilligte. Er war ein strenger Bursche, der bei den Kollegen nicht im Ruf stand, Geschenke zu verteilen, sondern vielmehr eine Elefantenhaut zu haben, was seinen Befund noch unanfechtbarer machte. Wenn die Krankschreibung von ihm kam, bestand kein Risiko, dass meine Chefs Kontrolleure schickten. Und ich durfte auch rausgehen, so viel ich wollte, »in Ihrem Zustand ist das sogar sehr empfehlenswert«.

Die Riesenerleichterung, vorerst nicht zur Arbeit zurückkehren zu müssen, sowie das schnelle, kategorische Urteil des Arztes überzeugten mich letztlich davon, dass ich schwer mitgenommen war.

21

Unter anderen Umständen hätte ich die freien Wochen genutzt, um zwei, drei größere Reparaturen am Haus zu erledigen, aber daran war jetzt nicht zu denken. Fus' Zimmer ließ mir keine Ruhe, bremste mich in allem aus. Was sollte ich damit anfangen? Alles ausräumen? Die Tür zumauern? Ich war mehrmals daran vorbeigegangen, ohne es betreten zu können. Die Tür stand einen Spalt offen, sodass man das Fußende des Bettes sehen konnte, auf dem noch Pflaster, Kompressen und Flaschen mit Desinfektionsmitteln von seiner letzten Nacht zu Hause herumlagen.

Wäre er gestorben, hätte ich mich sicher auf sein Bett geworfen, um ein letztes Mal seinen Duft einzusaugen. Um sein ganzes Zimmer zu betrachten. Seine Fußballpokale. All die Bücher, die er aufbewahrt hatte. Die Serien, die er schon seit Ewigkeiten nicht mehr las, die aber fein säuberlich im Regal aufgereiht waren. Die der Zeit widerstanden hatten, die nichts von dem wussten, was passiert war.

Aber Fuß verkümmerte im Gefängnis, und das war nicht dasselbe.

Gillou hatte nicht diesen Widerwillen. Wenn er am

Wochenende nach Hause kam, verbrachte er viel Zeit im Zimmer seines Bruders. Die ersten Wochen reglos, jedes einzelne Ding musternd. Dann machte er irgendwann sauber. So als ob Fus bald nach Hause käme. Er sortierte seine alten Sachen aus: »Das trägt er sicher nicht mehr, das können wir vielleicht verschenken.« Und da ich nichts darauf erwiderte, faltete er die zu klein gewordenen Kleidungsstücke sorgfältig zusammen und packte sie in ein paar Altkleidersäcke. »Die kannst du zur Arbeiterwohlfahrt bringen.«

Dazu hätte ich jedoch erst mal den Mut aufbringen müssen. Ich wusste wohl, dass sie die Sachen gern annehmen und nicht nachfragen würden, von wem sie stammten. Ich schaffte es trotzdem nicht. Das alles erschien mir wie ein unüberwindlicher Berg. Mein Ältester saß im Knast – und das stand mir ins Gesicht geschrieben.

Nach der Verhandlung rief mich der Anwalt immer wieder an. Zuerst hinterließ er nur kurze Nachrichten: »Bitte rufen Sie mich zurück.« Da ich darauf nicht reagierte, wurden die nächsten Nachrichten deutlich länger. Lang und breit führte er aus, was er von mir wollte, unterstrich dabei, dass er sich nicht aus finanziellen Gründen so ins Zeug legte und noch einmal so viel Zeit für diesen Fall aufwandte – mit ärgerlich schnaubender Stimme erinnerte er mich daran, dass sich seine Vergütung strikt im Rahmen der erhaltenen Prozesskostenbeihilfe bewege und er mit weiteren Bemühungen nicht mehr verdiene –, sondern dass es um etwas anderes gehe, er wiederholte es mehrfach und in allen Tonlagen: »Es ist eine Frage der Gerechtigkeit.« Nur ich, fügte er hinzu, könne meinen Sohn überzeugen. Und es sei Eile geboten, wir hätten dafür nicht ewig Zeit.

Ich aber wollte und konnte das nicht tun. Und ich wollte und konnte Fus auch nicht im Gefängnis besuchen.

Gillou und Jérémy übernahmen es schließlich, Fus davon zu überzeugen, in Berufung zu gehen. Die beiden verstanden mich, nahmen mir meine Weigerung nicht übel. Sie bekamen es allein hin. Ich glaube, Jacky hat sie auch ein- oder zweimal begleitet.

Vielleicht hätte ich dasselbe getan, wenn es um Jackys Sohn gegangen wäre. Vielleicht war es einfacher, Großmut, Seelengröße zu zeigen, wenn es nicht um den eigenen Sohn ging, wenn die Schmach des Gefängnisses nicht an einem selbst haftete. Ja, wahrscheinlich hätte auch ich ihn dann gern besucht. Wäre es nicht auch auf meine Kappe gegangen. Aber Fus war mein Sohn. Alles, was ihm widerfuhr, widerfuhr auch mir. Und deshalb hatte ich beschlossen, auf Distanz zu gehen. Ich war nicht stark genug dafür. Ich werde Gillou und Jérémy ewig dankbar dafür sein, dass sie mir damals keine Vorwürfe gemacht und mich zu nichts gezwungen haben.

Gillou und Jérémy schlugen mir im Übrigen vor, für eine gewisse Zeit zu ihnen nach Paris zu ziehen. Sie hätten sich abgewechselt, um mich bei sich unterzubringen.

Jérémys Wohnung war groß genug, man hätte es dort gut zu zweit aushalten können, ohne sich auf die Füße zu treten. Doch ich wollte das nicht. Paris war sakrosankt, gehörte allein den beiden, war fern von allem, was uns hier passiert war. In Paris hatte niemand etwas von dem Prozess mitbekommen, und das war gut so. Es wäre mir sogar lieber gewesen, wenn die beiden dort geblieben wären und nicht jede Besuchserlaubnis genutzt hätten, aber das wäre zu viel verlangt gewesen. Sie eilten zum Gefängnis, wann immer es ihnen möglich war.

Gillou erzählte mir nie etwas davon. Jérémy war gesprächiger. Er fragte mich zunächst, ob ich etwas von Fus hören wolle, und da ich darauf nichts antwortete, begann er einfach zu erzählen. Ganz vorsichtig, in kleinen Happen.

So vergingen mehrere Wochen, in denen wir jegliche Erinnerung an die Zeit davor verbannten, jedes Wort, das wir miteinander wechselten, abwogen. Ich tat so, als würde ich mir Sorgen um ihr Studium machen, aber tief im Inneren wusste ich, dass auch dieses Interesse in mir erloschen war. Dass mich nichts, absolut gar nichts jemals wieder stolz oder zufrieden machen konnte. Gillou hätte sich noch so sehr anstrengen können, er wäre nicht dagegen angekommen. Fus hatte alles zunichtegemacht, und selbst wenn Gillou es auf die beste Uni geschafft hätte, war meine Freude darüber dahin.

Auch Jérémy hing mit drin.

»Du kannst immer noch das Weite suchen«, sagte ich zu ihm, »mach dich vom Acker, keiner von uns wird es dir zum Vorwurf machen. Mit uns bringst du es zu nichts. Du bist für mich wie ein Sohn, Jérémy, nein, du *bist* mein Sohn. Aber Fus ist nicht dein Bruder, er ist nur irgendein Typ, mit dem du als Kind gespielt und den du dann jahrelang aus den Augen verloren hattest. Also lass dir deine Zukunft nicht von ihm kaputt machen, bleib weg von ihm, er ist toxisch.«

Das alles habe ich zu Jérémy gesagt. Er ist dennoch geblieben. Wortlos lächelte er mich an, mit dem schicksalsergebenen Lächeln eines jungen Mannes, der akzeptiert hatte, dass da nichts mehr zu ändern war. Nichts würde jemals das wettmachen, was passiert war.

Für Gillou war der Schaden immens. Zunächst einmal würde er am Ende des Schuljahrs für all die schlaflosen Nächte und den versäumten Unterricht büßen, die ihm die ständig wechselnden Besuchszeiten einbrachten, die oft völlig unvereinbar mit allem anderen waren, mitten in der Woche lagen oder in letzter Minute abgelehnt wurden.

Und es ging auch nicht nur um seine Abschlussprüfungen. Keine Ahnung, was für ein Leben Gillou von nun an auf sich zukommen sah mit diesem Bruder, den er regelmäßig besuchen würde, ohne Aussicht auf ein Ende. Und was, wenn er ein Mädchen kennenlernte? Wann müsste er ihr gestehen, dass der eigene Bruder auf Jahre hinaus im Gefängnis saß? Was würde er dem Mädchen sagen, wenn sie den Grund dafür wissen wollte? Es war ein beschissenes Leben, das Gillou bevorstand, es würde sich immerzu nur um eine Achse drehen: die Haftstrafe seines Bruders. Und selbst wenn er es eines Tages wagen sollte, weit weg zu ziehen, ins Ausland vielleicht, um der Fron des monatlichen Gefängnisbesuchs zu entgehen, würde sein verdammtes Gewissen ihn doch an der Kehle packen und nicht aus den Fängen lassen. So gesehen war ich fast besser dran. Mir blieb nicht mehr so viel Lebenszeit wie ihm, und ich hatte mich entschieden. Ich hatte mich damit abgefunden, ein erbärmlicher Vater zu sein, der keinen Fuß ins Gefängnis setzte, ganz gleich, wie sehr Jacky oder die Mutti da oben das missbilligten.

Als ein paar Wochen später die Polizei an meine Tür klopfte, saß ich gerade vor dem Fernseher. Beim Anblick des Blaulichts, das die Hauswände entlangstrich und die ganze Nachbarschaft beleuchtete, dachte ich sofort, dass im Gefängnis etwas passiert war. Dass Fus vielleicht zusammengeschlagen worden war. Und es dieses Mal nicht überlebt hatte. Eine Sekunde lang wusste ich nicht, ob ich erleichtert war oder nicht ... Aber sie waren nicht deshalb gekommen. Sie wollten mir nur mitteilen, dass der Berufung stattgegeben worden sei.

Als sie weg waren, bin ich auf der Couch zusammengesackt. Im Fernsehen wurde die Tour de France übertragen. Ein Fahrer war gerade ausgerissen und würde vielleicht allein durchkommen. Ich vernahm die Freude der Kommentatoren, ich vernahm, wie die Welt sich weiterdrehte. Mein Sohn war noch am Leben ... und plötzlich war ich darüber glücklich, ohne zu wissen, warum.

So glücklich wie seit Jahren nicht mehr.

Und dieses Glück trug mich durch den ganzen Abend.

Ich lief hoch in sein Zimmer, legte mich auf sein Bett, schnüffelte an seinen Laken, betete, dass die Geräusche der Nacht ihn wie mich in den Schlaf wiegen mögen, und schlief mit den Gedanken an ihn ein. In meinen Träumen vermischte sich das Gesicht des kleinen Fus mit dem des erwachsenen Fus, dem des Häftlings. Es war mein Sohn, der da auf einer lausigen Pritsche schlief und ein paar Stunden Ruhe genoss, bevor der Gefängnisalltag wieder losging. Es war mein Sohn, mit dem ich mich in dieser Nacht aussöhnte.

22

Am nächsten Tag ging ich zu unserem Fußballplatz. Lange bevor die Jungs eintrafen, stellte ich mich auf meinen Platz. Der Rasen hatte schwer gelitten unter der Hitze. Es war Saisonende, vielleicht das letzte Training vor der Sommerpause, die Termine hatte ich nicht mehr so genau im Kopf. Die Spieler liefen einer nach dem anderen aufs Feld, mehr oder weniger aufgewärmt und fit. Von zwei oder drei Neuen abgesehen, kamen sie nacheinander zu mir, um mich zu begrüßen. Check mit der Faust, Hand aufs Herz, wie sie es immer getan hatten. Ohne Worte, ganz mechanisch. Es war nicht nötig, irgendwas zu sagen. Im Übrigen war es auch besser so. Sie wussten, wer ich war, wo wir gelandet waren. Nur einer von ihnen erkundigte sich nach Fus, fragte, wie er das alles durchstehe.

»Ich denke, es geht«, sagte ich.

»Na, wird schon«, erwiderte er und rannte zurück aufs Feld.

Das Training lief gut, es fühlte sich schon nach Sommerpause an, die Jungs spielten vorsichtig, wollten keine Verletzungen vor den Ferien riskieren. Ich wartete, bis sie weg waren, dann rupfte ich dort, wo der Rasen noch einigermaßen grün und ansehnlich war, etwas Gras aus, stopfte es in eine kleine Tupperdose und ging nach Hause, um Fus' Anwalt anzurufen.

Er war zufrieden mit der Wendung der Dinge und der neuen rechtlichen Bewertung der Lage, und ich glaube, er war auch froh, dass ich mich etwas motivierter zeigte. Er empfahl mir, Fus' Freundin aufzusuchen, um unsere Aussagen abzusprechen. Ich verstand nicht, worauf er hinauswollte, aber er bestand darauf: »Glauben Sie mir, es ist besser so. Es wird mehr Eindruck machen, wenn alle mit einer Stimme sprechen.«

Als ich vor Krystynas Haus ankam, fühlte ich mich ziemlich unsicher. Der Vater öffnete mir die Tür. Am Tag, als seine Tochter aussagte, war er bei der Verhandlung gewesen. Ich wusste nicht, was er über all das dachte, ob er mich und meinen Sohn zur Hölle wünschte. Sich für Le Pen einzusetzen war eine Sache, die eigene Tochter mit einem Typen liiert zu sehen, der sein halbes Leben im Gefängnis verbringen würde, etwas ganz anderes.

Er war überrascht, bat mich aber dennoch herein. Sein Häuschen glich in etwa unserem, war nur ein bisschen kleiner vielleicht. Der Vater führte mich ins Esszimmer, weil im kleinen Wohnzimmer Körbe voller Bügelwäsche herumstanden und auf den Lehnen der beiden Sessel gebügelte Kleidung lag. Das Bügeleisen war noch eingesteckt. Er lächelte entschuldigend.

»Verzeihen Sie die Unordnung, in diesem Haus bin ich derjenige, der bügelt.«

Wir hatten ähnliche Möbel. Ähnliche Bilder an der Wand. Familienfotos auf der Anrichte. Auf allen Kinderfotos war Krystyna mit einem größeren Mädchen zu sehen – ihrer Schwester? –, auf den neueren Aufnahmen war sie hingegen allein. Ich konnte meine Augen nicht davon losreißen. Ein unauffälliges Mädchen. Nicht sonderlich ausdrucksstark. Nicht besonders hübsch. Aber auch nicht hässlich.

Nachdem er mir etwas zu trinken geholt hatte, setzte er sich seufzend zu mir. Es klang keineswegs erbost, eher genervt. Weil er mir nichts zu sagen hatte? Oder nicht wusste, wie er anfangen sollte?

»Krystynas Mutter hat uns letztes Jahr verlassen«, brach es schließlich aus ihm heraus. »Fragen Sie mich nicht, wo sie steckt. Wahrscheinlich ist sie zu unserer ältesten Tochter gezogen, aber sicher bin ich mir nicht. Weder die eine noch die andere hat seither etwas von sich hören lassen.«

Dann erzählte er weiter: Die große Schwester sei vor drei Jahren abgehauen. Zwischen ihnen sei es nie gut gelaufen, und ihre politischen Differenzen hätten das nicht besser gemacht.

»Aber um ehrlich zu sein, das war nicht der Grund, warum sie sich davongemacht hat.«

Und so war es auch bei der Mutter. Natürlich habe sie

es ihm zugeschrieben, dass Krystyna sich mit diesem Kerl eingelassen hatte – »ich meine, mit Ihrem Sohn«, entschuldigte er sich –, aber sie sei nicht deshalb fortgegangen, sondern weil es zwischen ihnen schon längst nicht mehr gut lief.

»Ich mache mir Sorgen um Krystyna«, fuhr er fort. »Ich kann nachts nicht mehr schlafen. Ich weiß nicht, wohin das noch führen soll. Sie liebt Ihren Sohn. Aber Sie und ich sind uns doch einig, dass das keine Lösung ist, nicht wahr? Schließlich ist sie noch ein junges Mädchen.«

Ich stimmte ihm zu. Es war niemandem zu wünschen, sein Leben damit zu verpfuschen, auf einen Jungen zu warten, der nach seiner Freilassung keinen Job und keine Lebensgrundlage haben und vom jahrelangen Gefängnisaufenthalt völlig verstört sein würde. Wahrscheinlich auch vollgepumpt mit Medikamenten. Und emotional verkorkst von der Gewalt im Knast. Es war niemandem zu wünschen, immer wieder weite Strecken fahren zu müssen, um ihn zu sehen – jetzt saß er noch in Metz-Queuleu, aber wo würde er morgen hinverlegt werden? –, ihm ständig schreiben, an ihn denken, ihm möglicherweise treu sein zu müssen. Solche Opfer sollten nur diejenigen bringen müssen, denen nichts anderes übrig blieb, die keine andere Wahl hatten. Weil sie aufs Engste miteinander verkettet waren. Dazu zählte Gillou, zu meinem großen Leidwesen. Jérémy, der damit, wie ich wusste, irgendwie zurechtkommen würde. Auch Jacky, weil er störrisch war wie ein Esel und ebenfalls wusste, wie man damit weiterleben konnte. Und zu guter Letzt, seit ein paar Tagen, zählte auch ich mich dazu. Das arme Mädchen hatte in diesem Haufen jedoch nichts zu suchen, da stimmte ich mit ihrem Vater überein. Und das habe ich ihm auch gesagt. Es schien ihn zu beruhigen. Ich habe ihm aber auch gesagt, dass ich keine Ahnung hätte, wie wir sie zu dieser Einsicht brächten. Dass er besser wisse als ich, wie seine Tochter zu überzeugen sei.

Er sah mich lange Zeit hilflos an. Schenkte mir noch einen Schluck nach. Seufzte wieder tief und starrte auf seine Hände. Wo zum Teufel war nun der selbstsichere, militante Fascho? Vor mir saß nur ein armer Kerl, der ebenso bestürzt war wie ich.

»Die haben uns ganz schön drangekriegt mit dem ganzen Mist, was?«

Und mit dem Mist hatte er – ich denke, da liege ich nicht falsch – nicht den Mist unserer Kinder gemeint, ganz bestimmt nicht, sondern sich vielmehr auf etwas Höheres bezogen, etwas Ungreifbares, das uns überforderte, und zwar gewaltig. Am Ende war es womöglich unser eigener Mist, alles, was wir Väter getan hatten. Und vielleicht auch alles, was wir nicht getan hatten.

Dem Anwalt behagte unsere Sicht der Dinge nicht sonderlich, er brauchte Krystyna, und er brauchte sie motiviert. Mindestens so überzeugend wie beim ersten Prozess. Er legte sich richtig ins Zeug. Und ich mich nun auch. Ich hatte endlich kapiert, dass Fus' Leben ins Nichts gekippt war. Dass unser aller Leben, trotz seiner scheinbaren Geradlinigkeit, nur aus glücklichen oder unglücklichen Fügungen, zufälligen Begegnungen und verpassten Gelegenheiten bestand. Unser Leben war voll von diesen Nichtigkeiten, die uns, je nachdem, was uns sicher geschah, zu Königen der Welt oder Sträflingen machten.

»Ich war zur richtigen Zeit am richtigen Ort«, können viele vom Schicksal begünstigte Menschen von sich sagen. Ich selbst war zur richtigen Zeit am richtigen Ort, als ich der Mutti begegnete. Wäre sie nur ein paar Minuten später ins Jugendzentrum gekommen, hätten wir uns sicher nicht kennengelernt. Wir waren nicht aus derselben Gegend, hatten daher kaum eine Chance, uns eines Tages irgendwo anders zu begegnen. Jeder hätte einen anderen Weg eingeschlagen, hätte andere Nichtigkeiten erlebt, andere Kinder bekommen, alles wäre in unser beider Leben anders gelaufen.

Fus hingegen war zur falschen Zeit am falschen Ort, als er der Bande damals über den Weg gelaufen war. Danach hatte das eine das andere ergeben. Sowohl er als auch der Tote waren zur falschen Zeit am falschen Ort, als Fus den Kerl hinterrücks überfiel. Wenn man die Abfolge aller Ereignisse noch einmal durchginge, käme man auf zig Möglichkeiten, wie dieser Tag weniger grausam hätte enden können. Und, wenn wir ehrlich sind, vielleicht auch auf viele andere, bei denen er ebenfalls mit dem Tod des Jungen geendet hätte.

Aber darüber wollte ich beim Prozess nicht sprechen. Der Tote hieß Julien. Ich hatte eine ganze Weile gebraucht, bis ich ihn bei seinem Namen nennen konnte. Wenn man Julien hieß, die Eltern einen halbwegs liebten und man weder Elend noch Krieg erlebt hatte, wie landete man dann nur in so einer Bande, wie konnte sich die Gewalt so hochschaukeln, dass man mit eingeschlagenem Schädel in der Gosse landete? Das gehörte wohl zum großen Geheimnis der Nichtigkeiten.

Ich hatte den Eltern geschrieben, ohne zu wissen, ob das zulässig war. Ich hatte ihnen geschrieben, dass kein Tag vergehe, an dem ich nicht an unsere beiden Söhne denken würde. Ich hatte ihnen geschrieben, dass ich es vorgezogen hätte, wenn meiner dabei gestorben wäre, weil es für mich auf dasselbe herauskam; das zu sagen war natürlich zutiefst peinlich und idiotisch, und selbst wenn ich damals davon überzeugt war, jetzt stimmte es nicht mehr. Aber ich glaube, sie konnten den Gedanken nachvollziehen, denn sie haben mir tatsächlich geantwortet. Sie begannen ihren Brief damit, wie sehr es sie schockiert habe, dass es vielleicht zu einem Berufungsprozess kommen würde. Sie wollten das nicht noch einmal durchmachen, sie hatten nicht mehr die Kraft dazu. Aber sie versicherten mir, dass sie die Absicht der Verteidigung auch verstehen könnten. Sie würden viel beten, das tue ihnen gut, ich solle es doch auch versuchen. Mit keinem Wort erwähnten sie Fus. Sie sprachen nur zu mir, seinem Vater. Erklärten, dass sie mir verziehen. Und schlossen mit einem seltsamen Satz über die Nutzlosigkeit einer Gefängnisstrafe. Ich wusste nicht, ob sie im Berufungsprozess etwas dazu sagen würden.

Dieser Moment, in dem alles entgleist war, hätte sich ebenso gut nie zutragen, einfach ausbleiben können. Dieser Gedanke entband Fus nicht von seiner grundsätzlichen Verantwortung, aber mein Sohn wurde für mich dadurch weniger befremdlich, weniger monströs. Darauf basierte alles, was ich vor dem Prozess noch für ihn tat.

Über Bekannte hatte ich einige von der Bande ausfindig gemacht. Sie waren alles andere als Chorknaben. Unser erstes Zusammentreffen war ziemlich rüde; zum Glück hatte ich Jacky und zwei kräftige Jungs von der Partei dabei. Wir erklärten den Typen gleich, dass wir nicht gekommen seien, um in der Scheiße zu wühlen, sondern nur klarstellen wollten, dass die Prügeleien zwischen den beiden Gangs einfach ausgeartet seien. Ihr Kumpel Julien sei von einem Faschisten niedergemacht worden, von hinten und mit einer Eisenstange!, hielten sie dagegen, wo ich da eine simple Schlägerei sähe? Es sei alles andere als eine bloße Schlägerei gewesen, bei einer Schlägerei gebe es allseits bekannte Regeln, und wenn sie sich mit anderen Gangs prügelten und es dabei unter Umständen wild zugehe, griffen sie nur von vorn an, nicht von hinten. In Juliens Fall sei das ja wohl nicht respektiert worden. Und nur weil dieser Fascho mein Sohn sei, ändere das nichts.

Ich antwortete nicht. Es gab dazu nichts zu sage. Ich hatte keine Erwartungen an dieses erste Treffen gehabt. Ein paar Tage später ging ich noch einmal zu ihnen. Mit einem Foto von Fus nach seiner Entlassung aus dem Krankenhaus, das wir für die Krankenversicherung aufgenommen hatten. Man konnte darauf das riesige Loch hinter seinem Ohr gut erkennen und auch sein starres Auge.

»Das seid ihr gewesen, Jungs. Das ist das Ergebnis eurer ›regelkonformen‹ Schlägerei. Ein Loch im Kopf, ein Auge, das drei Viertel seiner Sehkraft verloren hat, vier Tage Koma und schwere neurologische Folgeschäden. Ich mache keinem von euch einen Vorwurf, es passierte sicher im Eifer des Gefechts. Ich habe euch auch keines der Fotos mitgebracht, die das Mädchen gemacht hat, ich denke, das ist nicht nötig, ihr erinnert euch sicher noch gut daran, in welchem Zustand ihr ihn zurückgelassen habt.«

Sie sahen mich an. Sahen einander an, wer von ihnen wohl darauf reagieren würde.

»Als ihr beschlossen habt, über die beiden herzufallen«, fuhr ich fort, »war die einzige Dummheit dieses Mädchens und meines Fascho-Sohns, dass sie Flugblätter für Le Pen verteilten. Ich stimme mit euch überein, dass es nicht besonders schlau ist, ja, dass man sogar ein ziemlicher Idiot sein muss, um so einen Dreck zu verteilen, aber davon abgesehen hatten sie euch nichts getan. Sie hatten euch nicht gebeten, sich mit ihnen anzulegen und sie so fertigzumachen, wie ihr es getan habt. Ob ihr meinen Sohn also von vorn, von hinten, mit einfachen Schlagringen oder mit Tonfas zusammengeschlagen habt, ist ziemlich egal. Im Ergebnis kam es aufs Gleiche heraus.«

»Und was sollen wir dir darauf jetzt sagen?«, fragte der Älteste der Bande.

»Mir müsst ihr gar nichts sagen«, erwiderte ich, »ich will nur, dass einer von euch vor Gericht erklärt, wie so eine Schlägerei abläuft, das heißt, wie sie normalerweise abläuft. Und dass sie in diesem Fall aus dem Ruder gelaufen ist. Und dass derjenige dann eingesteht, dass mein Sohn vielleicht den einen oder anderen Grund gehabt haben könnte, sich zu rächen, dass er Julien womöglich nur eins in die Fresse hauen wollte und sicher nicht beabsichtigt hatte, dass es so enden würde, wie es endete, und ...«

»Aber dein Sohn hat ihm nicht bloß eine in die Fresse gehauen!«, fiel er mir ins Wort.

»Das braucht dich nicht zu kümmern, erklär einfach nur, wie ihr euch normalerweise prügelt; sein Anwalt wird dann schon deutlich machen, dass man manchmal, wenn man nur noch blind vor Wut und Angst aufeinander eindrischt, nicht mehr rechtzeitig aufhören kann.«

Sie zu so einer Aussage zu bewegen war keine einfache Sache. Zwei machten feige einen Rückzieher, von einem Dritten konnten wir aber schließlich eine eidesstattliche

Aussage aufzeichnen, in der er vermummt und mit verstellter Stimme die Schlägerei schilderte und seine Kumpels schwer belastete, darunter auch Julien.

Der Berufungsprozess verlief deutlich kürzer und ging zu Fus' Gunsten aus. Juliens Eltern waren nur für einen Tag gekommen und wiederholten das, was sie bereits im ersten Prozess dargelegt hatten: dass sie es unnötig fanden, Fus zu einer dermaßen schweren Strafe zu verurteilen, er sei schon gestraft genug. Vor allem erklärten sie dieses Mal auch, dass ihr Sohn wahrscheinlich nicht ganz unschuldig an der Sache gewesen sei. Was an die Aussage von Juliens Kumpels anknüpfte, sodass alle zum ersten Mal verstanden, warum Fus eines schönen Morgens Lust auf eine Schlägerei gehabt hatte. Die anderen, Fus' Fußballtrainer, Jacky, hatten ihre ersten Aussagen noch bekräftigt. Und ich war diesmal ebenfalls überzeugender gewesen. Ich berichtete, was für ein Zombie Fus war, als er aus dem Krankenhaus kam. Wie man ihm bei allem helfen musste. Dass er in den ersten Tagen nicht einmal richtig essen konnte, sich nachts einnässte. All dies erzählte ich und vieles mehr, was ich beim ersten Mal nicht über die Lippen gebracht hatte. Der Anwalt brauchte mich nicht mehr zu löchern, alles sprudelte wie von selbst aus mir raus: Wie wir mit ihm in die Notaufnahme zurückmussten, nachdem er auf der Toilette ohnmächtig geworden war. Wie er tagelang kein einziges Wort von sich gab.

Wie er zu nichts zu bewegen, geradezu versteinert war, wenn sein Bruder samstags nach Hause kam. Und ich räumte auch endlich meine eigenen Fehler ein, all das, was mir der Anwalt bei der ersten Verhandlung vorgehalten hatte. Nur zu der Stange sagte ich nichts mehr, der berühmten Eisenstange, die Fus bearbeitet haben musste, damit sie noch mehr schmerzte. Ich hatte sie trotzdem wiedererkannt, sie stammte aus der SNCF-Werkstatt, ich wollte sie für eine Seilwinde verwenden, da war sie noch rund geschliffen, nicht spitz und gekerbt, wie sie beim ersten Prozess in der Plastiktüte herumgereicht worden war. Ich hatte damals den Mund gehalten, und auch jetzt bei der Berufung sagte ich nichts dazu, das Unglück war geschehen. Es bestritt ja auch niemand, dass Fus eine Waffe dabeihatte, ob rund oder spitz, was spielte das schon für eine Rolle? Der Anwalt erklärte, Fus habe die Stange nur für den Notfall mitgenommen, weil er nicht wusste, auf wie viele Typen er stoßen würde. Er habe die Stange nur zu seiner Verteidigung mitgeführt. Nicht um zu töten. Warum sollte er auch so was vorgehabt haben? Zweifel. Es ging darum, Zweifel zu streuen.

Alles in allem bekam Fus schließlich zwölf Jahre. Mir wurde schwindlig, als ich das Urteil hörte. Ich war in dem Moment tief enttäuscht, dass es noch immer so hart war, so als hätte ich ganz vergessen, dass mein Sohn jemanden getötet hatte. Zwölf Jahre waren immer noch eine verflucht lange Zeit.

Der Anwalt aber war zufrieden. Durch die Berufung habe sich das Strafmaß um die Hälfte verringert. Bei guter Führung könne er für Fus vielleicht sogar eine vorzeitige Haftentlassung erwirken. Am Ende würde er vielleicht nur acht, neun Jahre hinter Gittern verbringen. Und ein Jahr habe er ja bereits hinter sich. Ich sagte nichts dazu, überließ den Anwalt seinen Rechenspielen.

Jacky hat mich an dem Abend abgefüllt. Vom Gericht aus fuhren wir nach Nancy in eine Bar und starteten gleich mit Whiskey. Anfangs hielt Jacky sich noch ein wenig zurück, um uns in unser Kaff zurückbringen zu können. Zuletzt mussten wir dann aber doch seine Frau anrufen. Um uns abzuholen, fuhr sie mitten in der Nacht zwei Stunden durch die Gegend, aber es schien ihr wenig auszumachen, offenbar hatte sie Verständnis für uns und schien fast beruhigt zu sein, dass es nichts anderes war. Als wir im Auto wieder ein wenig zu uns gekommen waren, gestand Jacky, dass er nicht recht wusste, was er von dem Urteil halten solle. Er sah die Sache von einer anderen Warte aus, hatte einen klareren Blick auf die Geschehnisse und beide Prozesse miterlebt, und so konnte er die Milde der Jury vielleicht besser würdigen. Das hinderte ihn indes nicht daran, sich in den nächsten Tagen bei mir auszuheulen, »aber wenigstens haben wir beide wieder zueinandergefunden.«

23

Die Gefängnisbesuche bereiteten mir jedes Mal Kopfzerbrechen. Sooft ich mich auch aufmachte, ich gewöhnte mich nie daran. Schon Tage zuvor hatte ich Alpträume. Zumindest ging es mir inzwischen besser, sobald ich drin war, und ich hatte auch nicht mehr, wie die ersten Monate, den irren Drang wegzulaufen, kaum war ich vor dem Tor angekommen.

Im Besucherraum schaffte ich es, meinen Fus genauer anzusehen, zu schauen, ob er sich gekämmt, gewaschen und rasiert hatte. Er trug meist die Klamotten, die ich ihm bei meinem vorherigen Besuch mitgebracht hatte, ich glaube, er achtete darauf, dass sie sauber waren, offenbar erahnte er meinen Abscheu und wollte ihn nicht noch verstärken. Wenn ich ihn ordentlich gekleidet antraf, verlief unsere gemeinsame Zeit ganz gut. Dann vergaß ich, dass er in Haft war, und konnte über alles andere hinwegsehen.

Ich fuhr gern mit Jacky hin, der keinerlei Berührungsängste hatte, er verhielt sich dort, als wäre er in einer Kneipe, und kam mit allen gut aus, verspürte kein bisschen Scham. Jacky hatte es nur lieber, dass wir uns abwechselten, »so bekommt der Junge öfter Besuch«. Deshalb rang ich mich doch dazu durch, allein hinzufahren.

Die ersten Monate waren sehr schmerzlich für mich. Für Fus auch. Er wirkte irgendwie abwesend. Keine Ahnung, ob das noch immer an den neurologischen Folgeschäden der Schlägerei lag oder an Medikamenten, mit denen man ihn vollgepumpt hatte. Ich fragte Gillou, ob ihm das auch so vorkam, aber er hatte nichts dergleichen bemerkt. Wenn er ihn besuchte, quatschte er seinen Bruder dermaßen voll und zog eine Show ab, dass Fus überhaupt nicht zu Wort kam. Er leistete ihm jedoch gute Dienste. Mit Gillous ganzen Geschichten, den Zusammenfassungen irgendwelcher Fernsehserien und dem Wasserfall von Sketchen war Fus eine Woche lang beschäftigt.

»Bringt ihn dieser ganze Blödsinn, den du ihm erzählst, denn zum Lachen?«

»Hm, ja … schon«, entgegnete Gillou unsicher. »Aber keine Sorge, Paps, es ist okay.«

Mit der Zeit kamen die Dinge einigermaßen ins Lot. Man verlegte Fus in eine andere Zelle. Er begann wieder zu reden. Nach Neuigkeiten zu fragen. Erzählte mir sogar von sich. Wie er seine Tage verbrachte. Wie die Abende. Er erzählte vom Kraftraum. Der kleinen Bibliothek.

»Ich kann dir Bücher mitbringen, wenn du willst.«

»Gern, wenn du magst.«

So verliefen unsere Gespräche. Es war nicht viel, was wir uns zu sagen hatten, aber wir hatten ja auch ein langes Schweigen hinter uns. Die Besuchszeit einzuhalten fiel uns nicht schwer. Natürlich gab es zwischendurch lange Pausen, aber es war keine vergeudete Zeit. Wir nutzten sie, um einander anzusehen, uns scheu zuzulächeln, wieder Zutrauen zueinander zu gewinnen.

Wenn ich abends nach Hause kam, begann ich, Berechnungen anzustellen, ich sah im Internet nach, am nächsten Tag rief ich den Anwalt an. Wie viel Zeit hatte er noch abzusitzen? Dann schärfte ich Fus ein, er möge nett zu den Wärtern sein, sich untadelig verhalten, ich wartete auf Teilamnestien, las von überfüllten Gefängnissen und redete mir ein, dass sich das vielleicht zu seinen Gunsten auswirken könnte und er vorzeitig entlassen würde, ich rief Jacky an, fragte ihn, was er darüber dachte, schrieb wieder an den Anwalt. Ich war am Durchdrehen. Ich fühlte mich wieder wie vor dem Tod der Mutti, wie damals, als ich tagelang auf ein wenig Besserung wartete, mir aufgrund dieser und jener Nachricht übereilte Hoffnungen machte, ich durchlebte wieder die große Angst und den Widerwillen vor dem Krankenhaus, die ungeheure Erschöpfung durch die Besuche, und das alles hundert-, tausendfach verstärkt. Deshalb war es für mich auch eine große Erleichterung, ein Trost, als Fus wieder zu sprechen und sich ein wenig für die Welt zu interessieren begann. Wir haben nicht gleich alles zur Sprache gebracht. Er hatte genug für unsere Auseinandersetzungen bezahlt. Wir haben erst mal Neuigkeiten kommentiert, waren vorsichtig mit dem, was wir sagten. Dabei rückte auf den unbequemen Hockern des Besucherraums jedem von uns stärker ins Bewusstsein, was für ein Gewicht andere Meinungen haben konnten, wie viel Gewalt sich eventuell darin verbarg. Wir tauschten Zeitungsartikel aus. Ich schnitt ihm die über Fußball aus, Nachrichten vom FC Metz, Abo-Artikel aus dem ›Républicain Lorrain‹. Ich schnitt auch alles aus, was mit der Zukunft unserer Region zu tun hatte. Es freute ihn, dass man bei uns bald eine kleine Fabrik bauen würde, weil das nicht oft vorkam. Er verfolgte in den Zeitungen alle Einzelheiten, die für die Zukunft von Gillou und Jérémy wichtig sein konnten, von ihm erfuhr ich die Besonderheiten ihres Studiums und welche Möglichkeiten ihnen offenstanden.

Durch diese kleinen Rituale gelang es mir, die Geschichte zu bewältigen; vielleicht würde es in fünf Jahren wieder wie früher sein.

In meinem Inneren wusste ich allerdings, dass wir auf ewig zu diesem belanglosen Zwischenspiel verdammt wären, wenn wir nicht wenigstens einmal über das Geschehene reden würden. Ich musste irgendwann wissen, ob er Gewissensbisse hatte und deswegen nicht schlafen konnte, so wie ich.

Aber er hat nie darüber gesprochen. Im Gegenteil, ich hatte den Eindruck, dass er die Zeit seiner Haft wie unbeteiligt erlebte, mit einer unglaublichen Abgeklärtheit. Ungerührt, geradezu emotionslos erzählte er mir von den Straftaten seiner Mitgefangenen. Als wäre es ein Spiel mit Gewinn und Verlust. Als wären die Strafen, die sie verbüßten, mehr als genug, um ihre Schuld zu begleichen. In dieser Hinsicht war er nicht anders als die anderen.

Krystyna hat ihn nach dem Berufungsprozess nicht mehr besucht. Ich hatte ein langes Gespräch mit ihr geführt. Ich hatte dabei nicht das Gefühl, dass sie meinen Sohn liebte, was sie auch mehr oder weniger bestätigte, daher konnte ich nicht ganz verstehen, warum sie trotzdem mit ihm in Kontakt bleiben wollte; sie wirkte wie eine Ordensschwester, die sich zwang, eine Art Gelübde zu erfüllen. Ich wollte um jeden Preis verhindern, dass sie sich in etwas hineinsteigerte, ihr Leben von ihm abhängig machte. Ich erklärte ihr, dass sie die Zeit nicht überstehen würde, ich rechnete ihr vor, was zwölf Jahre Gefängnis bedeuteten, wie viele Besuche das sein würden. Sie begriff. Sie begriff vor allem, dass sie ihn viel mehr verletzen würde, wenn sie ihn erst in ein, zwei Jahren verlassen würde.

Bevor ich ging, dankte ich ihr noch einmal für ihre Aussagen bei den Verhandlungen, mit denen sie uns so sehr geholfen hatte. Und da gestand sie mir, dass sie, eine Woche nachdem Fus Julien getötet hatte, abgetrieben habe. Sie sei erst ein paar Wochen schwanger gewesen, Fus habe nie etwas von seiner Vaterschaft erfahren. Von diesem kleinen Nichts hätte sie ihm an dem Tag erzählen können, als sie zu uns gekommen war, um ihn mit ihren Rachegedanken anzustacheln. Von diesem kleinen unbedeutenden Nichts. Das es nun nicht mehr gab.

Lieber Paps,

wenn Du dies hier liest, werde ich schon unterwegs sein. Ihr alle braucht Ruhe, es ist zu nichts gut, dass Ihr Euch weiter für diese nutzlosen Besuche verausgabt. Es wird höchste Zeit, dass ich Euch davon befreie.

Gillou wird bald Vater werden – es wird ein Junge, ich hoffe, Du erfährst das jetzt nicht erst durch mich –, und seine Frau sieht es nicht gern, dass er mich hier besucht. Ich kann sie verstehen. Er hat Besseres zu tun.

Und auch Du wirst mit dem Kleinen bald Besseres zu tun haben! Bring ihm das Fahrradfahren bei, aber geh es langsam an, jag ihn nicht den Kreuzweg hinunter, wie Du es damals mit Gillou und mir gemacht hast. Nimm Dir Zeit für ihn, geh mit ihm ins Stadion, und auf den Friedhof, wenn Du willst. Die Kleinen spielen gern zwischen den Gräbern.

Es sind zwar nur noch drei Jahre, und drei Jahre sind nichts im Vergleich zu dem, was ich schon hinter mir habe, aber es sind sicher Eure drei besten Jahre. Und die möchte ich Euch nicht verderben.

Gestern habe ich erfahren, dass sie mich bald verlegen wollen. Wieder einmal. Die Anreise würde für Euch noch länger werden, das kann ich Euch nicht mehr antun. Und deshalb habe ich beschlossen, die Reißleine zu ziehen. Der Abstand wird uns guttun. Auch Krystyna, die mich ein paar Jahre vergessen hatte – und mir jetzt wieder schreibt! Sag bitte Jacky und Jérémy danke für alles, was sie für mich getan haben. Ich habe weder den Mut noch die Zeit, ihnen zu schreiben, aber ich denke oft an sie. Sag der Mutti auf dem Friedhof Adieu in meinem Namen. Und gib meinem Bruder einen langen Abschiedskuss. Ich bereue nichts in meinem Leben, jedenfalls nichts von dem, was wir zusammen erlebt haben. Ich denke, es war ein gutes Leben. Andere werden sagen, ein Scheißleben, ein einziges Drama, nichts als Schmerz, aber ich sage, es war ein gutes Leben.

Sei umarmt,
Fus